木

幸田文著

新潮社版

5594

目次

木

えぞ松の更新

ふっと、えぞ松の倒木更新、ということへ話がうつっていった。

北海道の自然林では、えぞ松は倒木のうえに育つ。むろん林のなかのえぞ松が年々地上におくりつける種の数は、かず知れぬ沢山なものである。が、北海道の自然はきびしい。発芽はしても育たない。しかし、倒木のうえに着床発芽したものは、しあわせなのだ。生育にらくな条件がかなえられているからだ。とはいうがそこでもまだ、気楽にのうのうと伸びるわけにはいかない。倒木の上はせまい。弱いものは負かされて消えることになる。きびしい条件に適応し得た、真に強く、そして幸運なものわずか何本かが、やっと生き続けることを許されて、現在三百年四百年の成長をとげているものもある。それらは一本の倒木のうえに生きてきたのだから、整然と行儀よく、一列一直線にならんで立っている。だからどんなに知識のない人にも一目で、ああこれが倒木更新だ、とわかる——とそう話された。話に山気があった。感動があった。

なんといういい話か。なんという手ごたえの強い話か。これは耳にきいただけでは済まされない。ぜひ目にも見ておかないことには、ときめた。さいわいに富良野《ふらの》の、東大演習林見学の便宜を与えられた。思いこんだ一念で、ぎゃあぎゃあとわめいたからである。わめかれ頼られた方々こそご災難、まことに申訳ない、とわかっていてもやめられなかった。自分ももうとしだし、この縁を外したらと思うと気がせいて、ひとさまのご迷惑も自分のみっともなさも、棚へあげて拝んでしまったのだから、えぞ松に逢《あ》えると確かにきまった時はうれしかった。

九月二十八日というに北海道はもう、もみじしはじめていた。染めはじめたばかりの紅葉なので、あざやかさ一際《ひときわ》だった。レールぞいに断続しつつむれ咲くのこん菊は紫がふかく、宿の玄関わきに植えられたななかまどは、まっかな実を房に吊《つ》って枝は重く、秋はすでに真盛りへかかろうとしていた。通された部屋には、ストーヴに火があり、日の暮れる頃にはなお急に冷えてきて、今朝東京をたつ時半信半疑できいた、北海道は三度、という気象情報を皮膚でじかに知ったことである。

はじめの日は、あれは標本室というのだろうか。北海道産の大樹の見本である。定寸法に従って伐《き》りそろえられた大木が、皮つきのまま、ずくんずくんと立てならべてある。なによりもまず重量感で圧迫をうけた。コンクリート建築の重量は見なれ平気だが、木の量感重感に都会ものの神経はヘナヘナした。こういう状態になると、ものは覚えられない。聞けどもきこえず、見れども見えずで、その時は一生懸命に覚えたつもりがあとではみな支離滅裂で、残ったのは巨大な柱の群像だけである。

二日目は〝樹海〟の碑のある見晴らしへいき、はるか遠い尾根尾根を指して、演習林の広さをほぼ知らせてもらい、それから谷へおり、山へとジープはのぼりのぼり、標高によって生活する樹種がだんだんと変っていくことを、実地でおそわる。それから精英樹、という極わめつきをもつ針葉樹、広葉樹を見る。勿論《もちろん》、精英樹をきめるにはいろんな条件にかなわなければならない。しかし素人目《しろうとめ》にも、はっとすぐ納得のいく立派さをそなえている。折柄小雨がぱらつき、谷から霧がまき上ってきて、行手をぼかし、足もと至るところに生い茂るささに露を置いて過ぎる。思わず感情がたかまる。えりすぐられた一本のエリートは、文句なくみごとである。しかし、エリートならざる数々の凡庸、その凡庸にまたそれぞれ等級はつく。これらもまた、力強い頼もしさだ。そして、どんじりは辛うじて弱く生きている虚弱劣級木だろうか。かなしいというか、いとしいというか。木はまことに無言であり、私はなにか誰かに語りかけたくてたまらないのを、ただ控えて、森林の静寂に従って佇《たたず》んだ。

三日目、また別の谷から入った。行く道々の車のなかから、今日は植物群落、遷移《せんい》、その環境ということを教えていただいた。

そして、目的のえぞ松の倒木更新である。それそこに、ほらあそこも、といわれて慌《あわ》てる。皆目見当もつかない、ただ一面の同じような木の脚ばかりなのだ。きのうの雨が今日もまだ上りきらず、森の中は鬱蒼《うっそう》として小暗く、木はどれも肌をぬらしており、見上げる梢《こずえ》は枝を交して傘になっている。あの時の話に、倒木更新はどんなうっかり者にも一目でわかる、ときいたがそんなことうその皮だ、ともやもや思って目をみはる。くま笹《ざさ》の丈が、胸まであって足掻《あが》きがわるい。ますます木の脚ばかりを見る始末になる。ここらへきてごらんなさい、という。やっとそれがみえた。ほうとばかり溜息《ためいき》をついて、その更新に見入った。それはバカでもわかる、まさに縦一文字に生え連らなった太い幹たちであった。えぞという大きな地名を冠にかち得ているこの松は、ほんとうに真一文字の作法で、粛然と並びたっていた。清澄《せいちょう》にして平安、といったそんな風格であるが、へりくだりがましさを拒絶している格があった。威圧はおぼえないが、みだりに近寄らせぬものがある。同じほどの太さ高さのが七本ほど、そのあいだにちょうどいい間をおいて、それより細く低いのが混成して、自然の連れ立ちはいい感じの構成である。

この木、何年くらいしてるんでしょう、ときいた。二百五十年、三百年の上でしょうかね、ここは条件がきびしいですから、年数の割に太さはないんです、という。佇んで気を静めていると、身をめぐってあちこちに、ほつほつと、まばらに音がしていた。どこともなく雫《しずく》の落ちて、笹の葉を打つ音なのだった。雨の名残りか、霧のおみやげか、それとも松の挨拶《あいさつ》だろうか。肩に訪れてくれた音もあった。

だが、残念なことにそこは、倒木のうえに生きた、という現物の証拠がなかった。一列であるというだけの推理であって、証《あか》しの物がない。信じないというのじゃない。が、もっと貪欲《どんよく》に承知したい。無論、三百年もたっていれば、元の倒木そのものは腐蝕《ふしょく》しつくして、当然形がとどまっている筈《はず》はない。だから表土は平らかであり、かつてそこに倒れていた大木の容積である厚さ、太さなどの跡を示すものは、何もない。いささかもの足りなかった。

すると言下に、そんなことなんでもない、少し探せばその希望にぴたりのが、かならずあるさ、という。間もなく、こっちという合図がきた。それはまだひょろひょろと細く若い木を何本も、満員の形でのせている、まごうかたなき倒木だった。肌こそすっかり苔《こけ》におおわれているが、土からちょうど私の立った足丈ほどなかさが、もと倒れた木の幹の丸さをみせており、その太さは先に行くに従って細っているし、すぐそばにそれのものと思われる根株も残って、証ししていた。じわじわと、無惨《むざん》だなあ、と思わされた。死の変相を語る、かつての木の姿である。そして、あわれもなにも持たない、生の姿だった。先に見た更新を、澄みきって自若たる姿とするなら、これはまあなんと生々しい輪廻《りんね》の形か。これは確かに証拠としてははっきりしていた。私の望んだものである。でも、こういう無惨絵を見ようとは思いがけなかった。なにか目を伏せて避けていたい思いもあるし、かといって逃げたくもない。

そっと倒木の上の一尺ばかりのまだごく若い木を、こころみにゆすってみた。幹は柔軟に手に従うが、根は案外な固さで固定している。細根は倒木の亡骸《なきがら》の内側へ入って、皮肉の間へこまかい網を張っているし、やや太い根は外側を巻いて這《は》い、早く地に達したいとしている構えである。ひたすら生きんとして、猛々《たけだけ》しさをかくしていない。亡軀《むくろ》のほうへも遠慮がちに手をおいてみる。そのつめたさ、その水漬《みづ》きかた。前日来の雨もあろうが、ぐっしょりの濡《ぬ》れびたし。しかしじかに木のからだにふれたのではない。木の肌の上は苔の衣で満遍なく厚く被《おお》われてある。自然の着せた屍衣《きょうかたびら》という感じ。多少怯《お》じる気を敢《あ》えておさえて、両手の指先に苔をおしのけてみる。苔の下もぐしょぐしょ。茶褐色の、もろけた、こなごなした細片が手につく。これが元の樹皮だ。もっと搔《か》き分ける。その下はややかたい。が、爪《つめ》をたてれば部分により、たやすく許すところもある。腐蝕の度が一様でないらしい。性を失いかけているところをこじる。その腐れはわずかなあらがいの後に、縦に一寸ほどむしりとれてきた。縦、つまり根元から梢に向けてむしれたのである。指の間のそれは殆《ほとん》ど崩れて、木片とはいえぬボロでしかなかったが、いとしさ限りないものであった。すでに性を失うほどにまで腐っていながら、なおかつ、木は横には裂けにくいという本性を残していた。

私はまた聞いた。私の丈より少し高いくらいの木をさして、これ何年くらいでしょうか、と。そう十七、八年、いやもう少しいってるかな。まあ、そんなにたってるのかしら。答えはなくて、山のひとは腰からなたをとると、無雑作な一刃で、その隣の同じくらいなのを伐った。伐り口をみせて、数えてごらんなさいとほほえむ。その木はすでに倒木上の生存競争に落伍《らくご》して、途中で折れて、おぼつかなくなっていた。他のよき木の障《さわ》りになるものは、伐るのが森林保護のうちの一つの掟《おきて》だという。年輪はとてもこまかくて、私の目には数えること不可能だったが、若い人がやっぱり二十いくつあると数えた。刃物のついでに、倒木のほうも少しひらいてもらった。刃はごく軽くあてたのだが、水が飛び散った。厚さ五分、丈五寸ほどにそいだそれは、茶色に変色がきているのに、木片としての形をしている。私はまたきく、これ倒れて何年してますか。そうねえ、新しく生えたもののうち、一番大きいのが四十年くらいとして、その種が落ちる前に、すでに苔がついていなければならないわけだから、そんな見当であなたが推定年数をつけてみませんか、森林の中の時間は、人のくらしの中の時計とは、大分ちがうでしょ、と淡々とおだやかな返事である。人のいのちはいま伸びても六十年七十年、老木は倒れて外側こそ早くもろけるが、芯《しん》までついえるのには、何年をこたえるか。亡骸をふみしだいて生きる若木も五十年やそこらでは、一人前に達せぬ子供だ。森はゆっくり巡るのだろうか、人があまりにも短命なのだろうか。じれったくも思うし、のんびりと心のびるようでもあった。見まわせば、目がなれてきて、倒木更新とわかる一列が、あそこ此処《ここ》に探せた。

倒木と同じ理屈で、折れたり伐ったりした根株のうえにも、えぞは育っています。あれなどはその典型的なものですよ、と指された。それは斜面の、たぶん風倒の木の株だろうという、その上にすくっと一本、高く太く、たくましく立っていた。太根を何本も地におろして、みるからに万全堅固に立ち上っており、その脚の下にははっきりと腐朽古木の姿が残っていた。いわばここにいるこの現在の樹《き》は、今はこの古株を大切にし、いとおしんで、我が腹のもとに守っているような形である。たとえその何百年か以前には、容赦もなく古株をさいなんで、自分の養分にしたろうが、年を経たいまはこの木ある故《ゆえ》に、古株は残っていた。ついいましがた、生死輪廻の生々しい継目をみて、なにか後味さびしく掻き乱されていた胸が、この木をみて清水をのんだようにさわやかになった。さわってみた。この木もじっとりと濡れていた。いま迄《まで》のどの木の肌より冷めたい。指先が凍りそうにつめたく、赤くなった。古株も濡れに濡れていて、ふれれば触れたところがこなに砕けた。誰もさわる人のないままに今も形が保たれているらしく察せられた。

ふと今の木の、たくさんに伸びた太根の間に赤褐色の色がちらりとした。見ても暗いのだ。だが、位置の加減でちらりとする。どこからか屈折して射《さ》し入るらしい外光で、ふと見えるらしい。そっと手をいれて探ったら、おやとおもった。ごくかすかではあるが温味《あたたかみ》のあるような気がしたからだが、たしかにあたたかかった。しかも外側のぬれた木肌からは全く考えられないことに、そこは乾いていた。林じゅうがぬれているのに、そこは乾いていた。古木の芯とおぼしい部分は、新しい木の根の下で、乾いて温味をもっていた。指先が濡れて冷えていたからこそ、逆に敏感に有りやなしのぬくみと、確かな古木の乾きをとらえたものだったろうか。温い手だったら知り得ないぬくみだったとおもう。古木が温度をもつのか、新樹が寒気をさえぎるのか。この古い木、これはただ死んじゃいないんだ。この新しい木、これもただ生きているんじゃないんだ。生死の継目、輪廻の無惨をみたって、なにもそうこだわることはない。あれもほんのいっ時のこと、そのあとこのぬくみがもたらされるのなら、ああそこをうっかり見落さなくて、なんと仕合わせだったことか。このぬくみは自分の先行き一生のぬくみとして信じよう、ときめる気になったら、感傷的にされて目がぬれた。木というものは、こんなふうに情感をもって生きているものなのだ。今度はよほど気を配らないと、木の秘めた感情はさぐれないぞ、ともおもった。風が少し出てきて、所々にはさまる広葉樹の黄色い、赤い葉を舞わせ、帰路の飾りにしてくれた。

えぞ松は一列一直線一文字に、先祖の倒木のうえに育つ。一とはなんだろう。どう考えたらよかろうか。さぞいろいろな考え方があることだろう。私にはわからない。えぞ松でも、一つだけ、今度このたびおぼえた。日本の北海道の富良野の林中には、えぞ松の倒木更新があって、その松たちは真一文字に、すきっと立っているのだ、ということである。なんとかの一つ覚えに心たりている。

藤《ふじ》

どういう切掛けから、草木に心をよせるようになったのか、ときかれた。心をよせるなど、そんなしっかりしたことではない。毎日のくらしに織込まれて見聞きする草木のことで、ただちっとばかり気持がうるむという、そんな程度の思いなのである。今朝、道の途中でみごとな柘榴《ざくろ》の花に逢ったとか、今年はあらしに揉《も》まれたので、公孫樹《いちょう》がきれいに染まらないとか、そういう些細《ささい》な見たり聞いたりに感情がうごき、時によると二日も三日も尾をひいて感情の余韻がのこる、そんなことだけなのだ。でもそうした思いをもつ元は、幼い日に、三つの事柄があったからだ、とおもう。

一つは、環境だった。住んでいた土地に、いくらか草木があったこと。二つ目は、教えだろうか。教えというのも少し過ぎる気がするけれども、とにかく親がそう仕向けてくれたこと。三つ目は、私の嫉妬心《しっとしん》である。嫉妬がバネになって、木の姿花の姿が目にしみたといえる。

住む所に多少の草木があったのは、郊外の農村だったからである。もちろん畑たんぼの作物があり、用水堀ぞいに雑木の藪《やぶ》もあり、植木屋の植溜《うえだめ》もいくつかあったし、またどこの家にもたいがい、なにがしか青いものが植えてあった。子供たちはひとりでに、木や草に親しんでいた。

そういう土地柄のうえに、私のうちではもう少しよけいに自然と親しむように、親が世話をやいた。私は三人きょうだいだが、めいめいに木が与えられていた。不公平がないように、同じ種類の木を一本ずつ、これは誰のときめて植えてあった。だから蜜柑《みかん》も三本、柿《かき》も三本、桜も椿《つばき》も三本ずつあって、持主がきまっていた。持主は花も実も自由にしていいのだが、その代り害虫を注意すること、施肥《せひ》をしてもらうとき、植木屋さんに礼をいっておじぎをすること等々を、いいつかっていた。敷地にゆとりがあったから、こんなこともできたのだろうが、花の木実の木と、子供の好くように配慮して、関心をもたせるようにしたのだとおもう。

父はまた、木の葉のあてっこをさせた。木の葉をとってきて、あてさせるのである。その葉がどの木のものか、はっきりおぼえさせるためだろう。姉はそれが得意だった。枯れ葉になって干からびていても、虫が巣にして筒のように巻きあげているのも、羽状複葉の一枚をとってきたのでも、難なく当ててしまう。まだ葉にひらいていない、かがまった芽でさえ、ぴたりとあてた。私もいくつかは当てることができるのだが、干からびたのなどだされると、つかえてしまう。そこを横から姉が、さっと答えて、父をよろこばす。私はいい気持ではなかった。姉のその高慢ちきがにくらしく、口惜しかった。しかし、どうやっても私はかなわなかった。そんなにくやしがるなら、自分もしっかり覚えればいいものを、そこが性格だろうか、どこか締りがゆるいとみえて、不確かにずっこけた。ここが出来のいい子と出来のわるい子との、別れ道だった。

出来のいい姉を、父は文句なくよろこんで、次々にもっと教えようとした。姉にはそれが理解できるらしかったが、私はそうはいかなかった。姉はいつも父と連立ち、妹はいつも置去りにされ、でも仕方がないから、うしろから一人でついていく。嫉妬の淋《さみ》しさがあった。一方はうまれつき聡《さと》いという恵まれた素質をもつ上に、教える人を喜ばせ、自分もたのしく和気あいあいのうちに進歩する。一方は鈍いという負目をもつ上に、教える人をなげかせ、自分も楽しまず、ねたましさを味う。まことに仕方のない成りゆきである。環境も親のコーチも、草木へ縁をもつ切掛けではあるが、姉への嫉妬がその切掛けをより強くしているのだから、すくなからず気がさす。

しかし、姉は早世した。のちに父は追憶して、あれには植物学をさせてやるつもりだったのに、としばしば残念がってこぼしていたところをみると、やはり相当の期待をもっていたことがわかるし、その子に死なれてしまって気の毒である。

出来が悪くても子は子である。姉がいなくなったあとも、父は私にも弟にも、花の話木の話をしてくれた。教材は目の前にたくさんある。大根の花は白く咲くが、何日かたつうちに花びらの先はうす紫だの、うす紅だのに色がさす。みかんの花は匂《にお》いがいいばかりではない、花を裂いて、花底をなめてみれば、どんなにかぐわしい蜜《みつ》を貯《たくわ》えていることか。あんずの花と桃の花はどこがちがうか。いぬえんじゅ、猫やなぎ、ねずみもち、なぜそんなことというのか知ってるか。蓮《はす》の花は咲くとき音がするといわれているが、嘘《うそ》かほんとうか、試してみる気はないか——そんなことをいわれると、私は夢中になって早起きをした。私のきいた限りでは花はポンなんていわなかった。だが、音はした。こすれるような、ずれるような、かすかな音をきいた。あの花びらには、ややこわい縦の筋が立っていて、ごそっぽい触感がある。開くときそれがきしんで、ざらつくのだろうか。

こういう指示は私には大へんおもしろかった。うす紫に色をさした大根の花には、畑の隅のしいんとしたうら淋しさがあり、虻《あぶ》のむらがる蜜柑の花には、元気にいきいきした気分があり、蓮の花や月見草の咲くのには、息さえひそめてうっとりした。ぴたっと身に貼《は》りつく感動である。興奮である。子供ながら、それが鬼ごっこや縄とびのおもしろさとは、全くちがうたちのものだということがわかっていた。

ふじの花も印象ふかかった。いったいに蝶形の花ははなやかである。ましてそれが房になって咲けば、また格別の魅力がある。子供たちが見逃すわけがない。ただこの花は取ることができにくかった。川べりの藪に這いかかっているのは危くてだめだし、野生のせいか花房も短い。庭のものは長い房で美しいが、勝手にとるわけにはいかない。そこで空家の軒とか、廃園の池とかの花の下を遊び場にする。私もそこへ行きたかった。けれども父親からきびしく禁止されていた。そんな場所の藤棚は、一見なんでもなく見えて、実はもう腐れがきていることが多く、ひょっとした弾みに一度につぶれるから危険だ、という。ことに水の上へさし出して作った棚は、植木屋でさえ用心するくらいで、子供は絶対に一人で行ってはいけない、といい渡されていた。

荒れてはいるが留守番も置いて、門をしめている園があった。藤を藤をと私がせがむので父はそこへ連れていってくれた。俗にひょうたん池と呼ばれる中くびれの池があって、くびれの所に土橋がかかっていた。だがかなり大きい池だし、植込みが茂っていて、瓢簞《ひょうたん》というより二つの池というような趣きになっていた。藤棚は大きい池に大小二つ、小さい池に一つあってその小さい池の花がひときわ勝《すぐ》れていた。紫が濃く、花が大きく、房も長かった。棚はもう前のほうは崩れて、そこの部分の花は水にふれんばかりに、低く落ちこんで咲いていた。いまが盛りなのだが、すでに下り坂になっている盛りだったろうか。しきりに花が落ちた。ぽとぽとと音をたてて落ちるのである。落ちたところから丸い水の輪が、ゆらゆらとひろがったり、重なって消えたりする。明るい陽がさし入っていて、そんな軽い水紋のゆらぎさえ照り返して、棚の花は絶えず水あかりをうけて、その美しさはない。沢山な虻が酔って夢中なように飛び交う。羽根の音が高低なく一つになっていた。しばらく立っていると、花の匂いがむうっと流れてきた。誰もいなくて、陽と花と虻と水だけだった。虻の羽音と落花の音がきこえて、ほかに何の音もしなかった。ぼんやりというか、うっとりというか、父と並んで無言で佇んでいた。飽和というのがあの状態のことか、と後に思ったのだが、別にどうということがあったわけでもなく、ただ藤の花を見ていただけなのに、どうしてああも魅入られたようになったのか、ふしぎな気がする。

だが、これもずっと後になって、父の藤を書いた随筆をみて、はっとした。この花の秋に咲くものならぬこそ幸なれと書き、虻の声は天地の活気を語りと書き、この花をみれば我が心は天にもつかず地にもつかぬ空に漂いて、ものを思うにもなく思わぬにもなき境に遊ぶなり、と書いているのである。これはそっくりあの時の気持の通りだとおもう。だがこの文章は私の生まれるより数年前、あの廃園の藤の時より十三、四年前に書かれているのである。とすれば父はこの作文をした明治三十一年以前に、どこかの藤で、天にも地にもつかぬ空に漂う気持、もの思うにも思わぬにもない、妙な浮かされた思いを味っていたと推察できるのである。

しかしあの時、父がなにか話したろうかとうたがう。私はなにもおぼえていない、ただ自分の目と耳と鼻の記憶だけしか残っていない。父がかつて文章に書いたようなことを、その時私に話し、私がそれに誘われて夢心地になった、とは考えられないのである。父も私も無言で見ていた、と思うのである。以心伝心だろうか。それとも父子は似た感情感覚をもつ、ということだろうか。それともまた、藤というものがそのような、なにかわからないあやしい雰囲気をかもすものなのか。思うたびに、あわい愁《うれ》いがかかるのである。

*

大正十三年、町へ引越した。それまでは多少とも草木のある土地にいたのだが、この引越しで、芽の出るもの、葉のしげるものとの縁はきれてしまった。けれども、それでも当時の町はまだまだ、今よりは柔らかみのある家並だった、といえようか。貸家でも、門のある家なら、玄関わきと小庭の隅には、かならずのように八ツ手だとか、青木といった類《たぐい》が形ばかりにしろ、植えてあった。路地の両側にならんだ、門のない長屋でも、軒下になにか青いものがあり、手まめな家ではわずか一尺の出窓の下に、朝顔を播《ま》いて這いあがらせ、それも不可能なうちでは、夏は縁日で羊歯《しだ》、しのぶを買い、庇《ひさし》からつり下げて、せめてもの青い葉をたのしむ人がいくらもいた。

私たちの引越したうちは、門こそ名ばかりのものがついていたが、やはり貸家の、粗末なものだった。玄関わきに白い一重の花の椿が一本、茶の間の前に、かなめもちが一本、隅に椎《しい》が一本、ばさけた連翹《れんぎょう》がひと株、それだけだった。

いっそ何もないのならまだまし、なまじに一本ずつの木が三本、ひよひよと生きているというのでは、茶の間に座っていて、目の安めどころがなかった。家族はみな、それまで住んでいた家の庭を恋しく思い、草木にかつえたような思いをもって、不服をいった。それなのに父は、木を買って植えようとは思わない、といった。そこは盛り土がしてあり、以前の表土の上に木屑《きくず》や石くれが積んであるので、植えても木は枯れるだろうし、枯れていく木を眺めていられるほど自分の神経は、むごくはないのだ、というのである。もっともだと思って、みながもう何もいわなくなった。そして何年かたった。

その間に誰かが芭蕉《ばしょう》をもってきたり、榊《さかき》をくれたり、どうだんがきたり、庭は寄合世帯で、ともかく少しずつ青さがふえた。私は嫁にいって一度そとへ出たが、はなれてまた帰ってきた。女の子を連れて帰ったのである。父なし子になってしまった孫娘に、祖父はあわれをかけてくれた。

そのころ町にはよく縁日がたって、人々は植木や鉢ものをひやかすのが好きだった。父は私に、娘をそこへ連れていけ、という。町に育つおさないものには、縁日の植木をみせておくのも、草木へ関心をもたせる、かぼそいながらの一手段だ、というのだった。水を打たれた枝や葉は、カンテラの灯にうつくしく見え、私は娘の手をひいて、植木屋さんとはなしをした。「これだけしゃべらせて、なんだ、買ってくれねえのか」といわれたりすると娘は私の手をかたく握って、引っ張った。

春、植木市がたつ。お寺の境内へ、かなりな商品が運びこまれ、ちょっとした市なのである。父は私にガマ口を渡して、娘の好む木でも花でも買ってやれ、という。汗ばむような、晴れた午後だった。娘がほしいといいだしたのは、藤の鉢植えだった。それは花物では、市のなかのお職だった。鉢ごとでちょうど私の身長と同じくらいの高さがあり、老木で、あすあさってには咲こうという、蕾《つぼみ》の房がどっさり付いていた。

子供は、てんから問題にならない高級品を、無邪気にほしがったのである。子供だからこそ、おめず臆《おく》せずねだるが、聞かずとも知れる高価である。とてもガマ口の小銭で買えるものではない。もちろん私は買う気などなくて、子供と藤の不釣合いなおかしさを笑ってすませ、藤の代りに赤い草花をどうかとすすめた。子供はそれらの花は、以前にもう買ったことがあるとしりぞけ、小さい山椒《さんしょ》の木を取った。お職の藤から一度に大下落の山椒だった。ほしいものが買ってもらえなくて、わざと安値のものを嫌味にすねたのではない。彼女はさんしょの葉としらすぼしを、醤油《しょうゆ》でいりつけたのをごはんにぱらぱらとまき、お菜に玉子焼をつけたお弁当が、大好きだったからなのである。藤でなくても、山椒でも子供は無邪気に喜んでいた。私もそれでよい、と思ってうたがわなかった。

ところが夕方書斎からでてきた父が、みるみる不機嫌になった。藤の選択はまちがっていない、という。市で一番の花を選んだとは、花を見るたしかな目をもっていたからのこと、なぜその確かな目に応じてやらなかったのか、藤は当然買ってやるべきものだったのに、という。そういわれてもまだ私は気がつかず、それでも藤はバカ値だったから、と弁解すると父は真顔になっておこった。好む草なり木なりを買ってやれ、といいつけたのは自分だ、だからわざと自分用のガマ口を渡してやった、子は藤を選んだ、だのになぜ買ってやらないのか、金が足りないのなら、ガマ口ごと手金にうてばそれで済むものを、おまえは親のいいつけも、子のせっかくの選択も無にして、平気でいる。なんと浅はかな心か、しかも、藤がたかいのバカ値のというが、いったい何を物差にして、価値をきめているのか、多少値の張る買物であったにせよ、その藤を子の心の養いにしてやろうと、なぜ思わないのか、その藤をきっかけに、どの花をもいとおしむことを教えてやれば、それはこの子一生の心のうるおい、女一代の目の楽しみにもなろう、もしまたもっと深い機縁があれば、子供は藤から蔦《つた》へ、蔦からもみじへ、松へ杉へと関心の芽を伸ばさないとはかぎらない。そうなればそれはもう、その子が財産をもったも同じこと、これ以上の価値はない、子育ての最中《さなか》にいる親が誰しも思うことは、どうしたら子のからだに、心に、いい養いをつけることができるか、とそればかり思うものだ、金銭を先に云々《うんぬん》して、子の心の栄養を考えない処置には、あきれてものもいえない——さんざんにきめつけられた。

藤の代りに買い与えた山椒が、叱《しか》られたあとの感情をよけいせつなくした。一尺五寸ほどの貧弱な木だが、鮮緑の葉は揉めば高い香気をはなち、嚙《か》めば鋭い味をひろげ、棘《とげ》は容赦なく刺した。誰のためにあがなった木だろうと、思わされた。だが、叱られたのは身にしみたが、さればといってその後私が心を改め、縁日のたびに子に花のたのしさをコーチしたのではない。とかくルーズなのである。

子は大きくなっていった。花を見ても、きれいだというだけ、木を見ても、大きな木ねというだけ、植物にはそれ以上は心が動かないようだった。世話をして花を咲かすなどは、面倒そう。庭木の枯れ枝を一本切るにさえ、しぶりがちである。ほかには優しい心をもつほうなのだが、野良犬《のらいぬ》にふみ倒された小菊を、おこしてやろうともしない固さなのである。草木をいとおしまぬ女が、どんなに味気ないものか、子ながらうとましく思う時もあった。話しても説いても、心が動かないようだった。それまでも私は、あの時の藤でチャンスを失ったらしいと、後悔することが度々あったのだが、今更ながらこの責任は自分にある、とつらい思いをした。いくら辛《つら》く思っても、もうおそかった。

年々四季はめぐる。芽立ち、花咲き、みのり、枯れおちる。そのことあるたびに心はいたんだ。が、そのまま娘は人のもとへ縁付いた。孫がうまれた時、この子は草木をいとおしむ子になれと、ひそかに祈った。子に怠ったことを、孫でつとめたいと思った。

けれども、私のおもわくはがらりと外れた。いいほうに外れたのである。思いがけないことに、娘の夫は花を好み、木を育てようとする人だった。土をいじり、種をまいて喜ぶのである。子がうまれ、結婚生活が落付いてから、その趣味というか心柄というかが、やっと形になって現れはじめたのである。意外な感じがしたのだが、もっと意外だったのは、そういう夫につれて娘もしみじみと花をみつめ、芽をいとおしむ気をもったことだった。ほっとして、私はもう孫のことも安心した。

そのころから、しきりに、一度はどこかへ藤の花をたずねたい、と思うようになった。追憶でもあり、あの藤のときの詫《わ》び心でもあり、改めて藤に見参しようという気もあっての思いたちだった。

この春、東京に近い地域の、古藤といわれる花を見て歩いた。野や山に自然のままにある藤でなく、人に培《つちか》われ、かばわれている藤である。みな、美事な花をつけていた。一枝についている花でも、花房に長短があり、花色も、早く咲いたものはうすく褪《さ》めていたし、今さかりなのは紫が濃いようにみえた。おのがじし、咲くもののようである。花はどの花もおのがじし咲くが、園の藤、棚の藤というと、一面ひとつらの幕になってさがる、ように思いちがえる。遠見はその通りだが、近くみれば、よく似てしかもそれぞれだった。長い房はメートルを超して、優雅である。短い房は、同勢そろって、さざめくように揺れ、これも美しい。藤波というが、風がわたればまさに波とみえる。なんということもなくこの花に「情緒」という言葉を思い当てた。植木市のなかで幼い目が捕えたのも、あるいは情緒であったかと察し、亡父があの時あんなにおこって、心浅い女だと私をきめつけたのも、花が藤だったからのせいもあろうか、と思い、また、いやいや待てよ、そう何も彼《か》も身にひきつけて、収支計算したがることこそ、よこしまだ、とも思いなおしつした。

しかし、花よりもその根に、おどろいた。千年の古藤というからには、根まわり何十尺と数える太さもさることながら、その形状のおどろおどろしいのには、目が圧迫された。うねり合い、からみ合い、盛り上り、這い伏し、それは強大な力を感じさせるとともに、ひどく素直でないもの、我の強いもの、複雑、醜怪を感じさせた。花はどこまでもやさしく美しく、足もとは見るもこわらしく、この根を見て花を仰げば、花の美しさをどうしようとおろおろしてしまう。だが、それならといって、立去れもしなかった。こわいものの持つ、押さえつけてくる力があって、連れの人にうながされるまで、私は佇んでいた。

どう考えていいか、いまもって納得はついていない。ただ、花にむかっては、追憶も詫びも済ませてきた、という思いがある。根には今度このたび新しく対面した、という印象が濃い。いずれ、まだこの次も、その根に逢いにいくだろう、という気があるし、また一方、今度は山に谷に生きる自然の古い藤、若い藤の、花も根も見せてもらおう、とも心づもりしているのである。こんなことを思うのは、橋をも吊るという、藤の強さにしばられたのだろうか。

ひのき

八月の檜《ひのき》は、意気たかい姿をしていた。まだ遠くに見るうちから、木が活気あふれて立っていることが、よくわかった。近付いてみれば、どの檜もどの檜もが、意欲的に生きていることを示していた。

もし木がしゃべりだすとしたら、こんな時なのではなかろうか、と思ったほどその場の檜は、積極的で旺盛《おうせい》なものを発散していた。もっと伸びるのだ、もっと太ろうとしているのだ、といっているような、そんな意志みたいなものを感じさせられた。木がこんなふうに気を吐くものとは、はじめて知った。木の持ついのちの勢いというか、生気または精気というのが、これかと思った。よりまし、というようなことばも反射した。別にこわいとか恐れとかいうのではないが、いつも見る木とは今日は様子がちがう、といった妙なひるみがでて、けれどもそのひるみを同行の、山森をよく知る人に白状する気にもなれず、するともう一人の同行の、これは樹木になんの関心も持たない若い女性が、素直な声をあげて、なんともいえない好《い》い気持のところですね、といった。その通りだった。私たちは木立のちょっと途切れた道にいて、いま正午をすぎたばかりのあつい陽をあび、しかも行手の黒く繁《しげ》った森からくる冷たい風に吹かれていた。夏の闊達《かったつ》なこころよさを満喫しているのだった。だが、まだしばらくのあいだ、私は戸惑っていた。いままで一度も見たことのない、木の一面にはじめて出会《でくわ》した、という咀嚼《そしゃく》しきれないものがあった。

去年の晩秋にも、ここへ檜を見にきているのだが、その時から夏にもぜひもう一度と思っていた。そういう思いかたは私に、抜きがたい家庭人の癖がついているからだとおもう。若い頃にしみこんだ、料理も衣服も住居も、最低一年をめぐって経験しないことには、話にならないのだ、と痛感したその思いが、今も時にふれて顔をだすのである。檜のような、いつ見ても同じような姿をしている木を、秋にみただけでは済ませられずに、夏もまた見ようという気を起すのは、植物を丁寧に見ようとする心掛けからというより、家事業で身につけた経験から出てくる、いわば要心みたいなものである。一年めぐらないと確かではない、という要心である。その要心をしてよかったとおもう。秋と夏では、檜の様子はまるでちがった。夏の檜は、とにかく、静かになどしてはいない。音をたてて生きている、といった姿だ。いたずらに聴診器を自分の胸に当ててみると、胎内はごとんごとん、ごうごうと相当ショッキングな音をたてているのに驚かされ、これが生きている人体の音なのかと、今更ながらなにか頼もしいような、少し空おそろしいような、生真面目《きまじめ》な気持にさせられるが、夏の檜は見るからに、その生きる騒音を幹の中に内蔵していることが明らかだった。しかも胎内の音ばかりでなく、もっと伸びる、もっと太る、といった意志のようなものまでを示していた。こんな姿を秋の檜からは、どう想像できよう。

秋に見たとき、檜は尋常であった。声を感じさせ、音を感じさせるものなど、けぶりにも持ってはいなかった。静かに無言に、おとなしげであった。おとなしげに、やさしげで、それだから親しく思うことができた。大樹は大きく丈高くて、おのずから威厳はあったが、それですら親しみやすい柔和を示していた。いま夏のこの意欲的な木を見て思いあわせれば、秋の檜の尋常さは、あれは寛《くつろ》ぎの時季に当るものだったろうか。はげしい夏の生活を終え、蓄積すべきものはすでに十分に満ち、冬を迎える迄の暫時《ざんじ》を、安らいで、寛いでいた姿にちがいないと思う。ただ静かで、無言なのなら、そうたやすくは親しめず、きっと冷淡さを感じたかもしれない。それが睦《むつ》みやすく思えたのは、木が休息をとっていたせいだ。夏の旺盛さを見ると、秋の尋常さは休息だということがはっきりするし、秋を知っていたから夏の、ごうごうと音せんばかりの活力を感じ得たかとおもう。広葉樹は裸の枝に青く芽吹き、花をつけ、実を結び、葉を染め、そしてまた裸に脱いで、骨をみせる。いろんな派手な芸当をするから、ひとりでに一年中なんとなく目をやる機会があるが、針葉樹にも四季があることはつい忘れて、一度見ればそれで知ったつもりになる。木がだますのではないが、常緑樹の地味な外見が人に早呑込《はやのみこ》みをさせる、と思っていいようである。それにしても家事の経験というものも、そう悪くないと思う。最低一年間を手がけてみなければ、話にならない、という掟が檜で効いたには意外だった。

日本の代表的な木を三本ほどあげてみて下さい、と私は時々、誰彼なくきいてみる。新幹線の隣席の人とか、スーパーの店員さん、学生さんなど。たいがいへんな顔をして、木ねえ、と間をとってからくる答が、杉、檜、桜で、順序はまちまちである。松とはいわない。老いた人はすぐ、はじめに松というのが多いようである。むかしは子供のうちから、松竹梅を教えられ、学校でも日本の国は松の国とならい、たとえヒョロ松ヒネコビ松であっても、近所のどこかには必ず見ることができ、首つり松などと呼ばれる子供の好奇心をよせる松もあった。瀬戸もの塗もの、うちわの絵、手拭《てぬぐい》のもようまで松はなじみだった。いまはそれらは根が絶えた。栄養失調の松など惜しむ心はないし、死ぬのにもっと利口になって、枝を選ぶようなバカはいない。陶器の絵はディズニー張りの動物になり、うちわはクーラーの四角づらに代り、手拭はタオルになって、これが赤青黄のぐっとくる原色だから、松など太刀打できずに消えてしまった。若い人が松と数えないのも、無理はないかもしれない。

だが、若い人は檜という。代表的な良材、として知っているらしいのである。材、という点で知っているのは、やはり住宅難時代、家つくり時代を反映するものだろうか。しかし家を建てるといっても今はすべて新建材で、檜など夢のまた夢なのだから、私の推測は当っていまい。とすれば、いつ、どう結んで若い人が、檜というのだろう。しかし、檜が優良材だということはたしかであり、これは長く伝わってきた常識だから、若い人にも自然それが浸《し》みこんでいても不思議ではないが、材としていうだけで、生きている檜、立っている檜、枝葉をもっている檜に、なんの関心ももってくれないらしいのは、私にはたまらなくさびしいことだった。材としての価値を国の代表として認めてくれるなら、同じその木が材にならない前の、生きている姿になぜ関心をもってくれないのか。なぜ、生きている美しさに、なぜ、生きている息吹《いぶ》きに、心をとめてやろうとしないのか。そういうこまやかな我々の感受性は、もう消滅してしまったのだろうかと悲しむ。いのちの詩をうたって山野にいる姿と、いのち終えてなお美しく力ある材となった姿と、どちらをもともにいとおしむ心情を、若い人にもってもらいたい、と切におもう。

ながく良材ばかりを手がけ、いまは各国の木材をも扱っている木材業の人にきくと、言下に、良質の檜はどこの国へ出してもヒケはとりませんね、という。質と美しさは抜群だ、といってずうずうっと、強度が高い、湿気に強い、腐敗しない、真直《まっすぐ》である、木目が美しい、香気がある、色沢が柔らかいという。いいことずくめですねといえば、そうですと笑う。檜の木肌は白くて艶《つや》がある、白く光るものに陽がさせば、たいがいは目を刺激する、それが檜の白は目を刺さない、よほど品位ある白というか、特徴のある色沢というか、いいが上にもいい、といった趣きがあります、という。思わず聖書で習った、持てるものは持てる上に与えられ、という句を思いだした。たっぷりと、いい性格をもって生れている木なのだった。事実、削りあげた板一枚を見ても、それがあまり上質でない板であっても、一見して素人にもわかるのは、素直さ、えらぶらない清々《すがすが》しさ、際立たないほんのりした色、澄んだ香り等々、なるほどおよそ嫌なところというものがないのである。ある大工さんが、檜はかんな屑さえ、時に手に取って捨て惜しく見ることがある、というのを聞いたこともある。日本は資源のすくない国だそうだけれども、こんな良木があることは誇りである。

でも、あまりよすぎると、こちらが淋しくなってしまう。賤《いや》しい心は、いいもの美しいもの立派なものの前へでると、ひとたまりもなく、はあとばかり感じ入ってしまう。殆ど無条件なくらい、とたんに感動してしまう。敏感だともいえるし、いいものに弱いともいえる。そこまではいいが、そのあとが困る。自分の見苦しさを思って、心がどんどんしぼんでいき、自分はこんないいものとは遠い存在だと思いこみ、縁のないものだと思う。はあっと感じ入ったことは、実はそこでちゃんと縁が結ばれたことなのに、そうは思わなくて、逆にそこから縁の切目を確認したように思いちがえ、いよいよ身を小さくし、いいものとのつながりをことわってしまう。私もこの賤しさを相当量しょっているので、檜のあまりに揃《そろ》った優良ぶりを見聞きすると、感嘆しながらもだんだんに心萎《な》えていき、そのあげく、檜とはそれほどにまで良い木なんですか、人間に欠点のない人はないといいますが、檜には欠点一つないんでしょうか、とほそぼそと、けれども心の底には少し反撥《はんぱつ》もうごいていて、聞いた。賤しい心、とはここを指すのだと日頃おもっているのだが、よい結縁《けちえん》をもった時に、その結縁をいつまでも喜んで持ち続けていけず、しかもそれだけでなく、今さっき感動し喜んだくせに、暫《しばら》くのちにはわけもなく反撥し、さからいたくなる、その気持を賤しいというのだ、と。いやしさとは、乏しい、貧しい、むさぼる、劣っているなどをいう言葉だが、賤しい心のうちにはしばしば、嫉妬が同居している。檜にさからってみたくなるのも、知らぬ間の嫉妬の作用があろうか。だが、相手はさらっと受けて、檜にもピンからキリまで、同じ場所に同じように生きてきても、優秀な木は少なくて、難のつく、よくない木も多いものですよ、とつい目の前の二本立の老樹をさした。

　樹齢三百年ほど、とその人は推定する木だけれども、さながら兄弟木とでもいうような、より添ってそびえた二本立だった。一本はまっすぐ、一本はやや傾斜し、自然の絵というか、見惚《みと》れさせる風趣である。両木とも根張りが非常に逞《たく》ましく、土をはなれるあたりの幹の立ちあがりの強さといったら、みごとこの上ない。何百年のいのちを疑わせぬ強さが現れている。もちろん幹はぐうんと円筒型のまま持ち上り、下枝はなく、檜特有の樹皮は谷のしめりを吸って、しっとり濡れている。なんのわけで、ピンからキリまでの話に、この木が指し示されたのかわからなかった。樹齢といい、樹勢といい、姿といい申分なく私には見えた。

　まっすぐなほうは申分ない、という。傾斜したほうは、有難くは頂けない、という。そういわれても、わからなかった。

「だいたいこれだけの高さ、太さをもった木が、自分の重量をささえて立つのに、真直に立つのと、かしいでも立つのとは、どっちがらくか、考えればすぐわかる。かしいだものは、よけい苦労しなければ立ってはいられない。当然、身にどこか、無理な努力が強いられているし、その無理は当然、本来すなおであるべき木の性質を、どこかで変形させている勘定になる。よくみて下さい。かしいだ木の樹皮には、ねじれがでています。目に見れば、ほんの僅《わず》かな、いわばカッコいいというほどの傾斜でしかないけれども、それがこの老樹を惜しいことに、傷にしています。もったいないがこの木は材にしても、上材はとれません。檜にもピンもキリもあるんです。」

相隣って、ならび立ち、同時同所に生れ、育って、そして無事に何百年を生きながらえて、一方は恵まれてすくすくと優秀に、一方は難をうけて苦痛を堪え、しかも劣級にあまんじなければならない。種子の落ちたそもそもの場所が悪かったのか、その後に土地に微妙な変化でもあったのか、あるいは風か雪か。運不運は、両樹のあいだの畳一枚ほどの距離で、わかたれたことになる。言いがたい哀《かな》しさで、見ずにはいられぬその木の太根であった。

「このかしいだ木、兄でしょうか。弟と見ますか。兄弟にしろ、友だちにしろ、ある時期にはこの二本は、ライバルであったと考えられます。そして、なにかの理由で、片方は空間を譲る状態になって、今日に来ているのだと思います――まっすぐなほうを庇《かば》ってやったような形なのが、あわれじゃありませんか。二本立にはよくこういうのがありますよ。」

その檜は、生涯の傾斜を背負って、はるかな高い梢《こずえ》に頂いた細葉の黒い繁みを、ゆるく風にゆらせていた。そのゆるい揺れでも、傾斜の軀幹《くかん》のどこかには忍耐が要求され、バランスを崩すまいとつとめているのだろう。木はものをいわずに生きている。かしいで生きていても、なにもいわない。立派だと思った。が、せつなかった。

＊

人にそれぞれの履歴書があるように、木にもそれがある。木はめいめい、そのからだにしるして、履歴をみせている。年齢はいくつか。順調に、うれいなく今日まできたのか。それとも苦労をしのいできたのか。幸福なら、幸福であり得たわけがある筈だし、苦労があったのなら、何歳のとき、何度の、どんな種類の障害に逢《あ》ったのか、そういうことはみな木自身のからだに書かれているし、また、その木の周辺の事物が裏書きをしている――と同行の森林の人は教えてくれた。

間近にくっついて並びたつ二本の木の、一方はまっすぐに立ち、一方はかしいでいるのを、これら二本がある時は助けあう間柄であり、ある時はライバルであったと推定するのも、木のからだに書いてある履歴書から、そう読めるのだ、という。まずこの木が子供で弱々しかった頃、二本であるが故にたぶん、風にも雪にも耐え易《やす》かったろう。もし一本なら折れてしまう場合も、二本ならばこそ堪えるだけの力になったかと思われる。一本より二本は強いのである。が、その後育つうちに、各自に力がついてきた時、競わずにはいられなかったろう。どの世界でも、力の等しいものが並べば、競いがはじまるのは自然である。力の充実した若い二本は、幼い時の互助の状態などにはかかわりなく、ライバルとしてはげしい成長争いがあったと思われる。だが、この時点では、二本はまだともにまっすぐに立っていただろう。やがて一方に差がつく。僅かの差でも、先に伸びたものの勝である。太陽と空間を気ままにすることのできた勝者は、勢に乗って、枝葉をひろげるし、それはライバルだったものには圧迫となる。負けたものは日照は不足するし、伸びようとする頭はおさえられるし、萎縮《いしゅく》してしまう。それでも、もし周囲に、同じ年齢、あるいはそれよりもっと大きい木々が、すくすくと生えていたとすれば、先を越され頭を塞《ふさ》がれたこの木も、不服ながら二番手に甘んじて、しかしまっすぐ素直な姿のままで、生きていったかもしれない。横にかしぐだけの、余地の空間がないから、うもすもなく、止《や》むを得ず真っすぐに生きるしかないだろう。

だが、ここでまわりの状態に変化があった。どういう変化だったかはわからない。すぐそばにあった老木が、寿命で倒れたのでもあろうか。または人による伐採が行われたのだろうか。それともまた大雨か、雪解け水かで、土が動いたか。とにかく何かの理由で、このすぐそばの何本かが、生命を失い、そこにぽっかりと思わぬ空間ができた、と見るのである。「その証拠にはごらんなさい。まわりの状態に比べて、この木のところだけ、なんだかヘンな隙間《すきま》になっていると思いませんか。木の履歴書と周囲の情況を読み合わせると、そんなことになります。」

日照を阻害されている木が、このチャンスを逃すわけはない。二番手でまっすぐにいくより、太陽と空間を得ようとして傾くのは当然である。従って、ここで軀幹は永久の癖を背負ったことになる。木の履歴書のそうした読み方をきくと、木の生きていく苦しみと、人の生きていく苦しみとが、あまりにもよく似ているので、しきりに親身な感情がうごいて、気をつけて見れば、ここにもそこにも、苦患の記録をつけた木は沢山あるのだった。こぶを抱えたもの、ねじれのきたもの、曲ったもの、本来の幹が折れたかして、途中からのわき枝が幹に代って立ち上ったもの、根元は一つなのに三米《メートル》ほどのところから二叉《ふたまた》になったもの、密着して二本が一本のようになっているもの等々、変形の個所をもつ木は珍しくない。しかもその歪《ゆが》みや曲りのところは、外見の変形だけでなく、内側も木の組織がムラになって、意固地に固く変質していて、材に挽《ひ》こうとすれば抵抗がつよく、そのあげくは挽いている最中からもうひどく反りかえったり、または裂けてしまったりする、という。それをアテと呼んで、使いものにならぬ役立たずの、厄介物なのだという。アテはよくないもの、悪いものとして、なにか最低の等級にも入れられない、それ以下のものとされているようにきこえた。

「なぜなんでしょう。だってその曲りやゆがみは、いわば力ではないんですか。それあったが故に、木は折れも倒れもせずに生きてきたんじゃないんですか。」

「そうです、木が立木で生きていた時はね。しかし、木が立木ではなくなって、材とするとき、アテはどう救いたくても救えない、最も悪い欠点です。」

「そんなにけなしつけるとは、あんまりひどい。さんざ辛い目を我慢して頑張ってきたというのに、厄介者だの役立たずだのと、なぜそんな冷淡なことをいうんでしょう。木の身になってごらんなさい、恨めしくて、くやし涙がこぼれます。」

「こりゃ珍しいことをきくものだ。この土地は林業、製材業が多くて、木のことにかけてはみな相当に関心をよせていますが、アテを劣等といって、オコラレたという話はきいたことない。アテはそりゃもう、鼻つまみですからね。かわいそうなんていう者はない。」

どうやら私の感傷は、受付けられないらしくて、言えばいうほど相手はきょとんとした表情になる。要するにアテは、それほどよくないものなのだろう。だとすれば私は、それがどう悪いのか、どうよくないのか、自分の目で見て確かめなくては、このままではすまされないと思った。アテがどんなふうに役立たずの厄介ものか、見せてもらえまいか、と頼んだ。きょとんとした表情が、呆《あき》れた表情になり、困却になり、そして笑いになった。

「そりゃまあ、して出来ないことでもありませんから、なんとか計らってみてもいいけど、こんな註文《ちゅうもん》はじめてだ。」

心の中がアテの悲しさでいっぱいになりながら、林の道を進んだ。アテの木ばかりが目につく。気楽にのんびりして見えるアテは、一本もなかった。百年二百年の立木一本は、どんなに重いものだろう。薪《まき》一本の重さでも、バカにはできない。一把ともなれば、もうウンウンいわなければならない。まして立木の重さである。およその察しさえつきかねるが、哀れと思う下心があって見れば、アテはどれも醜さをさらしたまま、苛酷《かこく》な重量を堪えているかのようだった。見るほどに目がつらくなってきた時、この少し先に、大樹ときわめつきのある良い木があります、という。

大樹、というのとエリートの木というのと、同じなのか違うのか知らないが、それはまさにエリートというべきものか、と思った。エリートというには、それ一本だけよいのではなくて、周囲に何本もの質のいい、いわばお供の木というものが揃っていなくてはいけない、ときいた。エリートの条件は、樹齢樹勢その他いろいろな定めがあることもちろんだが、お供というか親衛隊というか、そういう引き従えるもののあることも、資格のうちというようである。その大樹はきわめつけだけあって、ひと際《きわ》ぬきんでていたが、まわりの一族もすくすくと素直に、粒をそろえていい木が囲っていた。アテの変形をみて辛くなっていた目に、それはこの上なく心伸びやかになる情景として映った。思わず、素直なものはさすがにいいわね、といった。アテは気持をしぼるようにしてくるが、エリートは心をなごやかにひらかせた。

エリートよりもっといい気分の林もあります、という。谷をはさんだ向う側の林だった。なんだか今見てきた大樹の残像があって、その林がそれほどいいというのがわからず、ぼんやりと見ていた。谷を距《へだ》てているから遠くもあるし、ごく普通のような景色としか思えない。ただ、ここはそろって幹がまっすぐだった。斜に傾《かし》いだ木がない。遠見はことに、垂直の中の斜めはよくわかるのだが、それがなかった。だから行儀がいいのだが、まさかそれが取柄というわけでもなかろうに、と思ううち気が付いた。行儀のいいものは上品だが、しばしば活気に欠けることが多い。それをここは元気に茂っている、といった感じがある。

「その通り、この林は元気です。老樹と、中年壮年の木と、青年少年の木と、そして幼い木と、すべての階層がこの林では揃って元気なのです。将来の希望を托《たく》せる、こういう林が私たちには一番、いい気持に眺められる林なんです。」

すべての年齢層がそろっていて、一斉に元気であることが、即《すなわ》ち将来性のある繁栄なのだ、というのである。なるほどとおもう。道はせばまって、川へ突当り、桟橋がかかっている。皮つきのままの細丸太を、横に並べた桟橋である。並べた丸太と丸太の窪《くぼ》みに、檜の実生《みしょう》が、センチにもならぬ何ミリかの小さい芽を、だが、はっきりと青くもちあげていた。これが二百年生きる木の、振り出しの姿なのだが、信じがたい頼りなさである。とはいうが、いま見てきた繁栄の林のめでたさも、そもそもはこの可愛《かわい》らしいひ弱さからの出発にまちがいない。ごみのように見える檜の子は、エリートにもアテにもない、いじらしさをもっていた。それは、伸びよと祈らせる強いいじらしさだった。

を得た。無理に承知させたのである。

＊

ひた押しに押して頼み、達って願って、とうとう特別に、アテを挽いてもらう承諾を得た。無理に承知させたのである。

この頃、とかく思うことを押し通そうとして、我を張ることが多くなった。もう持時間は少ない、と思いはじめているものだから、今日の機会をせっかちに追う。またの折に、といっていたこれ迄《まで》のゆとりはなくなってしまった。多少の強情はまっぴらご免、といった気が起きること、実にしばしばである。このたびただいま見ておかなければ、二度とアテがどう悪い木なのか、どう厄介者なのか、見せてもらう折はない、と思われた。それにかりに、またもし来年、もう一度機会があったとしても、その一年の間に自分は更に老いてしまって、アテの背負わされた業《ごう》を切り開いて確かめようとする、そんな気力はもう失っているかもしれないのである。強引に承知させなければいられないのだった。

しかし、アテが都合よく、すぐその場にころがっているわけではなかった。適当な材をさがすあいだ、一旦《いったん》帰京して通知を待ってくれ、という。同じことなら、癖の強いのを挽いて、よく納得してもらわなくては、こんな特別注文に応じる甲斐《かい》はない、という。無理に押しつけにされて、迷惑のあまり、腹をたててそういっているのではない。私がアテをかわいそうがる故《ゆえ》に、こんなにしてアテの業をつきとめようとしているのだ、ということを山の人はよくわかってくれたのだった。

「材木だとしか思わないから、アテなんて、これまで心にかけたことはなかったが、いわれてみれば木も人間も、生きるにちがうところはないかもしれない。アテを哀れといわれれば、身につまされるおぼえもあるよねえ。すんなり暮しちゃこなかったんだ。」

この一言をきいて、私は帰京して待つことに、疑いをもたなかった。この人はかならず、約束を反故《ほご》にしない、と安心した。

その通り、待ちくたびれないうちに、通知がきた。行くと、製材所では作業場の構いの外にまで、製材所特有のキーンという鋭い騒音がはみだしていた。音階はかなり高く、音いろにきつい緊張がある。おびえを感じさせる断続音だった。思わずあたりを見まわすと、けいとうが濃く燃え、コスモスが淡くゆらぎ、桜もみじが散りかかり、その上は針葉樹の暗い林が、急傾斜でのぼっている。まっかな午後の陽がはなやかで、平穏な美しい秋景である。だが、その陽光には温度というものがなくて、まるで嘘のようにただ赤々としているばかり、しんしんと背筋から冷えてきて、鼻の先から無感覚にはなみずがたれ、麻のハンケチが痛い。製材の音響と、平和な風景と、強い冷込みとが、都会ものには印象ふかかった。

材はすでに樹皮を去り、屋内に運びこまれており、製材デッキに乗せるばかりに、段取されていた。二百年はたっぷり生きてきた木だから、年輪を数えてごらん、といわれたが眼鏡はくもるし、寒くてそんなじっとしたことなど、できるものではなかった。ただ、樹芯《じゅしん》が、思いのほかの片寄ったところにあるのを見た。アテであるしるしである。この木、根元近いところで、最初の困苦をふみこたえた、と察した。しかし見たところ、これという節やうろはなし、芯の片寄りがどれだけ幹をアテにしているのか、表面からは皆目わからない。ゆがみやねじれとわかるような難点はない。アテ材はなめらかな素肌をのべて、静かに横たわっていた。果してこの体の中に、人のいう「どうしようもないたちの悪さ」があるのか、とうたがう。

ということは、アテの木というものが、よそにはすぐに察しのつかないような、微妙にいり組んだ苦労を重ねながら、生きてきたということなのだろうか。ということは、木というものが、外側をさりげなく繕っていくことのできるものだということであり、同時に、木は一度傷をうけると、終生その傷のいたみを、体内に抱えて暮すものだということになるだろうか。木は中心から肥え育つものでなく、つねに外へ外へと、新しく年輪をふやすことによって育つ、と教えられたのはここのことと思う。外へ外へと新生するから、傷も、傷に連鎖して生じた狂いも、年月と共に内へ内へとくるむのだろう。くるむ、とはやさしい情をふくむことである。中身をいたわり、庇い、外からの災いの防ぎ役もかねるのが、くるむということ。生きているものは人も鳥けものもみな、傷にはくるみを要する。木も当然そうする。くるんで、庇って、変形を補って、そして成るべくは無傷の木と同じく、丸い幹に仕上げていこうとする。アテ材が素人目《しろうとめ》には、一見なめらかな肌をのべて、良材とさして目立つ変りなくみえるのは、人を偽るのではなくて、それより他ない自然の理によるものなのだ、とおもう。

では挽きましょう、といわれた。いつか製材の音がぴたりと止んでいた。工場の今日の予定を一時中断して、アテの製材をみせてくれるのである。簡単にいえば製材は、材を中にして、二つのデッキがあって行われる。一つは固定したデッキで、ここに動力で廻転するノコがついている。もう一つのは進退両様に移動のできるデッキで、これには作業員が乗る。材はあらかじめ木取るべき寸法がきめられ、寸法に従った位置におかれ、刃物の前へ、これも動力によって押し進められ、所定の通りに切断され、切断されたものは待ちうけている作業員によって、それぞれ片付けられるという仕組みである。

作業員が三人、移動デッキの位置についた。長い鳶口《とびぐち》をもっている。いつも材を扱うのにはこれを使うのだそうだが、万一挽いている材が、ひどく反り返ったりすればあぶない、その時素手ではどうにもならない、という。それにアテは、裂けることもあるし、裂けて飛ぶようなこともないとは限らず、そんな時の用心のためともいう。それほどまで、アテは猛々《たけだけ》しいのかと、暗い気持になる。

やがてスイッチが入って、材は前へと動き、材の丸さの七三のあたりに、最初の刃がふれると同時に、キーンという甲高い音響が起きて、あっけなく易々と、第一回の切断が終った。反りも歪みもしなかった。予告されていたような、アテのあばれはなかった。そういううちにも、材と移動デッキとは元の場所まで戻された。いま切った断面を職長があらためる。木の目は前もっての見込み通りだったようである。だからすぐ、はじめの予定をかえることなく、今度は厚板をとる。これもどうということなく済んだ。けれども、もうその面はそれが限度で、あとは取れない、いまの板も、長さをそのままでは売りものにならず、やがて反ってくるであろう悪い部分を切りすて、短尺にするしか通用しない、という。

面をかえて、また板をとる。こんな太い材なのに、なぜ柱をとらないで板ばかりなのか、と問う。柱なんか思いもよらない、板をとるのは、ちっとでも役に立つようにしようと思うからこそだ、まあ、見ていてもらいたい、アテなんだから——ほら、もういけないやな、という。半分まで素直に裁たれてきた板が、そこからぐうっと身をねじった。裁たれつつ、反りかえった。耐えかねた、といったような、反りのうちかただった。途中から急に反ったのだから、当然板の頭のほうは振られて、コンベヤを一尺も外へはみだした。すべて、はっと見ている間のことだった。

「な、わかったろ。アテはこうなんだ。だからワルなんだ。」

なんとかできないのか、この板を。いま反ったばかりなのだから、矯《た》められるのではなかろうか、とあせるようなセカセカする気があって、反った所を摑《つか》んだ。固かった。掌など、退けてしまうように、固かった。手出しができない、ときらわれている癖の固さが、これなのだろうか。アテのワルがここに曝《さら》されていた。目の前に、等外品の反りと固さが示されていた。でも、仕様がない、とはどうしても思えなかった。人は蔑《べっ》視《し》や厄介だけでアテをいうが、それだけでは承服できないなにかがあって苛《いら》立《だ》った。

もう一度、挽いてみせる、という。材はもうだいぶ切りとったから、痩《や》せていた。

たぶん最もよくない部分が、残っているのだろうと察しられた。スイッチが入って、材は刃へ進む。切る鋭い音。と、材は抵抗した。ガッガッと刃を拒絶して、進もうとしない。が、材は勝手に後退は、できないようになっている。刃もまた廻転を止めない。誰もみつめていた。殺気とはこんなものか、刃物への恐怖、素手でむかった凄《すご》さ。それは刃にも材にも、戦いだった。ガッガッという抵抗音。材がさからっていて、刃はさからわれているもののようにみえた。微少な差がものをいっていた。スイッチがとめられた。刃の入った部分に、くさびが打込まれ、くさびを打つ音が胸にひびく。切口がひろげられた。スイッチが入る。それでもまだ材は、抵抗して刃を嫌った。二度、三度。そして、刃は通った。すうっと切れていった。切れていくかに見えて、人がゆるんだその時、またガッと高く歯向って、瞬間、材はさっと二つに、斜めに裂けて、小さく裂けたほうが裂目を仰に向けて、ごろんと、ころがった。その場がしんとした。一斉におごそかな空気が包んだ。たまらなくて、裂けたもののそばに膝《ひざ》をついた。自爆したみたいな、その三角に裂けたアテは、強烈な、檜の芳香を放っていた。裂けた木の目は、あぶらをたくさんに含んだうす紅の色沢で、こまかい木目を重ねていた。だが、抱けば、その頑《かた》くなな重量。このアテをどうしたらいいかとだけ、あとは何も考えられなかった。

杉

去年は、縄文杉に逢うことができて、この上ない仕合わせな年だった。かねてからこの杉に逢いたくて、何度か予定をたて仕度もしたのだが、どういうものかその都度、さわりができて果せないでいた。それを今度は、大勢の方の好意をいただいて、すらすらと願いが叶《かな》った。木に逢いに行くのなど、なんでもなく叶うことのように思うが、それがそうとも限らない。なるほど木は、住居を留守にすることがないのだから、こちらが行きさえすればいいわけで、ごく簡単なことなのだが、調子よくいかないことだってある。縁だの運だの時だのと、古めかしくいえば笑われるが、私は古人間だから、出逢いということにはそれがあると思う。かねてのことが、今度は縁を得たのだった。四月なかば、南の島ゆきにはちょうどいい季節だったし、手配も万全に整えられていて、これ以上ない旅だった。

屋久島は、鹿児島から百三十キロ、佐多岬から六十五キロ、種子島《たねがしま》から南へ先隣りといったところ、ほぼ円形の、周囲百五キロの島。海岸ぞいに少ない平地がめぐり、中央部に二千米近い山が二つ、それをとりまいて千米以上の山々が連なっている。したがって島は円錐形《えんすいけい》をしている。風景を一見してすぐ感じるのは、はげしいというか鋭いというか、引締ったものがあることだった。とはいうが南の島なのである。とろりとした伸びやかさが漂っていること勿論《もちろん》である。他を知らないので判断をしかねるが、特殊な風景なのかな、と思った。気候は海岸地では、年平均二十度前後、夏はかなりな高温と思われる。ひきかえて山岳部は、海岸地の気候からしては考えられないほどの低温で、雪は四月ごろまで残るという。雨はこの島の名物、林芙美子《はやしふみこ》さんが〝一ヶ月に三十五日の雨が降る〟と書いたそうだが、まさにその通りの、最多雨地だそうな。しかしそんなに降っても、川は濁らない。山は花崗岩《かこうがん》だからだという。濁らない、ときいて、ふと暴風雨の時はどんなだろう、と想像した。ここも台風は相当ひどいらしいが、そんなとき花崗岩の底をもつ、急傾斜の谷川を、大量の透き通った水が、どっどと荒れ狂って溢《あふ》れ下るとすれば、それはいったいどんな光景かとおもう。濁流もこわい。が、暴風雨下の濁りなき奔流は、かえって一段とすさまじいものではなかろうかとおもう。

島ではむかしから、鹿《しか》二万、猿二万、人二万といわれてきたというが、動物の種類は少ないようである。その代り植物は、海岸地の亜熱帯植物から、山頂部の亜寒帯植物まで、せまい地域内に広い分布があるのだ。以上がざっとした島の様子である。

屋久杉は、屋久島に生育する杉のどれもをさす呼名ではない。樹齢千年以上のものにしかいわない。千年以下は小杉という。千年を基準にして、屋久杉と小杉をわけるとは、なんというきびしさか。そうきけば、屋久杉がいかなるものかということも、その有難さもぐっとくるが、同時に小杉の小の字には戸惑う。軽く千年以下というけれど、千年はまず別のこととして、普通なんの樹種にしても、二百年三百年の木は、これは大木というのが常識だろうに、それを小という。小杉といって私が思うものは、苗から十年か十五年くらいのもの、二百年三百年はどう思ってみても、小杉という柄ではない。それはまあ千年という、生物にとってはとてつもない基準をおき、しかもなお加えて、現に二千年三千年の木があるというからには、二、三百年は小でいいのかもしれないが、牛やチータを、象に比べて小動物だというのでは、なにか変な気がしてしまう。つまり私は、小の字の消化不良をおこしたわけである。それでなんだか胸のおさまりが悪いので、地元の営林署の人にごちゃごちゃといいかけたのだが、それは実物をみればすぐ納得いきます、とあっさりいなされた。

さて最初に案内されたのは、海抜千米のヤクスギランドと名付けられた、自然休養林だった。誰でもが静かに屋久杉を観賞できるようにと、林内には細い道がつけられている。二人ならんでは歩けない細い道である。いい配慮だ、と思う。名からすると、杉ばかりの林だと思うが、混交林だから変化があっていい。

　ところがここへ着いた午後には、島名物の一ト月三十五日の雨が降りだしていた。もちろん全員雨仕度で、傘をさしての行進である。道が細いから、一列縦隊で歩いていくのだが、雨は本降りにはげしくなる。傘が重いと感じる雨量だから、これぞ島の雨といえるものだろう。あたり一面、白く煙って、その中に針葉の青と広葉の青が、めいめい樹形のちがいを鮮明にみせながら、現れたりかくれたりする。この雨ならではの、なんともいえない美しさである。しかし、見惚れるにも用心がいる。足許《あしもと》は道もなにも、流れになっていてすべり易いし、傘の中も雨になっていた。布目を弾《はじ》いてしぶくので、目が濡《ぬ》れる。眺めたい時には、しっかりと介添えしてもらうのだが、見まわしている間じゅう、あとに続く人を雨の中に待たす。申訳ないことだけれども、何度かそういう我儘《わがまま》をした。そうせずにはいられないほど、この雨の、この混交林はうつくしかったし、酔ってゆく時のようなこころよさがあった。もしこれよりもっと強く降るのが、ここの雨の常だというなら、よかろうじゃないか、見せてもらいたい、強ければ強いだけに、またもっと違う見ごたえもあろう——というようなそそられかたをしていた。

とはいうけれど、山の道をこの雨に上ったりおりたりは、呼吸にも足にも相当こたえた。熊本営林局の方が案じて、手で引いたりバンドへつかまらせたりして下さったが、そしてこちらは遠慮もしていられなくて、体重そっくりを掛けて引上げてもらったが、それでも呼吸は苦しく、足はつらく、すべるまいころぶまいがやっとの限度だった。ここをスケジュールの第一日に組み、雨でも予定を強行したのは、翌日本番の縄文行きの予習、足ならしだという。なるほどと思う。が、私はこの下稽古《したげいこ》でさえ、もう落伍《らくご》しそうで、あすのことなどは頼りないかぎりだった。

そんななかで、はじめて第一番目の屋久杉を近々と見た。それは谷川のそばに立っていた。最初に目に入ったのは、ぐっしょり濡れた幹だった。根から少し上った部分で、太いと思った。それから足場の平らなところを探し、足許をきめてから、上へ見上げようとした。けれども雨は強く、うす暗く、眼鏡なしでは視力が届かず、遠用の眼鏡はかけてみても、雨と体温でくもってしまう。目をこらしても枝の分れるあたりは、遠近があいまいでよくは見えない。それなのにその部分に風が通ると、雨に濃淡ができるのが見える。高さをみることはあきらめて、根をみる。細根、といっても腕ほども太いのが、地表に浮いて、縦横にひろがっている。投網《とあみ》を連想した。投網の先には錘《おもり》がつけてあるが、このごごぼと浮上った根の先々は、ちょうど錘にも当るほどの力をいれて、一心に土を摑んでいるとおもう。細根は木という仕組みの末端だが、仕組みの末端が負っているその努力、その強さ。人にふまれ、赤むけになって、だまって濡れている投網型の根をみていると、木は一生、住居をかえない、ということへ思いがつながる。生れた所で死ぬまで生き続けようと、一番強く観念しているのは根にちがいない。

普通、根と木との際をきめるのは、土である。土をはなれて立上ったところからが木になる。根と木はもともと一つにつながったもの、それに境をつけるのが、小さくてぱらぱらの、土粒の寄合いだからおもしろい。立派な役所《やくどころ》だ。しかし、正しくは木と根の境は、どこからなのだろう。若い木は、土をはなれた部分からが木だ、ということがはっきりしている。だが大きくなると、ややこしい。土際からなお若干まで上の部分を根といったり、根元といったりする。根が抜けあがってきたのを指すのか、地上何尺かを根のうちに含めていうのか、よくわからない。もともと一本のものだから、うるさいせんさくはいらないが、老木をみるたびに曖昧《あいまい》なのである。いまもまた屋久をみて曖昧なのだった。土を境に立上った部分は、木か根か、どちらとも受取れる。ただ、幹というには少しちがうようだ。根張りという言葉もきこえていたが、すると根である。立上りともいわれているようだった。これが一番ぴたりだが、すると根、立上り、木または幹なのか。それとも何も彼《か》もひっくるみが木なのか。どうでもいいけれど、屋久はその曖昧な部分に、際立った力感を示していた。千年を支えてきた、我慢の集結といった強さをみせている。若木は土際から、きれいな円形ですんなりと立上る。それは過去に我慢や、忍苦を強いられたことのない、めでたい円形であり、素直さだ、といえるかもしれない。屋久の立上りはすんなりしていない。円いともいえない。くだくだしいのをあえていうなら、怒張した脈管と引吊《ひきつ》れた筋とが、競《せ》りあい搦《から》みあい、ある部分は勢いあまって盛り上り、ある部分は逆に深く刳れこみつつ、自重を長くささえてきた故の、これは大きなでこぼこをもつ変型といえ、ただもう力、力の立上りである。力強いといえばこの上なく力強く、しかしまた、見る目にいたましい我慢の集積でもある。私は都会のくらしでひ弱く老いてきているので、たまに自然の中へ出て、こうした強さをみると、すぐに切なくなってしまうが、屋久は雨中になんのこともなく直立して、清げだった。

道はへアピン形にのぼる。すこし登って立止まると、いまの杉の全姿がわりによくみえる。風が白くけむる雨を連れて、杉を通りぬけていく。通りぬける時、杉へ雨を置いていくのか、雨は白さを淡くして行過ぎる。そうか、わかった、ここでは雨は杉へのお届けものなのだ、とのみこめた。それでもう一度、風が雨を連れてやってくるのを待った。そしてお届けものは雨というより、羽織だと見立てた。軽くふわっと着せかけて、通りすぎていくような感じがあった。ちょっと離れてものを見る不思議さ、この柄洩《えも》りするほどのきつい雨には、情も色気もありはしないのだが、それがふわりと着せる羽織の面影を映すのだからおもしろかった。

翌日は有難いことに雨は上って、曇空ながら、今日は降らない、と地元皆さんの予報があった。くるまで一時間、その先を森林トロに乗りついでまた一時間ほど入る。途中のところどころに、木々を突抜いて立つ、屋久の巨木がみえる。トロの終点からは、歩きになるのだが、おりて行手を見た瞬間から、もう駄目だ、とおびえた。とてもそんな勾配《こうばい》の、しかもそんなゴッゴツ石だらけのところを、この私がのぼれるわけがなかった。だいたい山の中を歩くのは、これがはじめてである。足よりも先に、まずもう目でまいってしまって、どうしたらよかろうと迷った。しかし一行十何人の皆さんは、私の心中に気付く筈《はず》もないから、にこにこ促して、さあという。行くとも棄権ともきめかねたまま、とにかく歩きだした。百歩も行ったろうか、足がこわばりだしたし、呼吸がくるしい。早くももう、引いてもらう。そうなると気もきまって、ままよ、行けるまで行って、と思う。そのうち、引いて押してになり、その次は引いて押してかかえてになる。それでもその上に、やたらと休まなくてはもたない。休む時以外は、風景も樹木もなにも見ず、ひたすら見るものは、ひと足先を行く、引いてくれる人の脚だった。もう何も思いわずらわず、ただ、好意を受けていた。そしてとうとうウィルソン株へついた。

ウィルソン株はウィルソンが、大正三年にみつけて感動したという伐根である。根まわり三十二米、切口直径十三米、樹齢推定三千年という巨大なもの、屋久杉は油の多いせいで腐りにくいから、今もこの切株は無事で残っている。ここはなんともいえぬ、いいところだった。六根清浄《ろっこんしょうじょう》というか、しんと打ち鎮《しず》まって、ひとりでに心あらたまる所である。ウィルソン株を中にして、みごとな小杉が何本も並んでいる。樹齢二百年くらいという、すうっとすんなり素直に成長した、円い幹をもつ大木である。こういう木は見ているうちに、こちらの心も伸びやかに、素直になる。しかもこれが何本もあるのだから、強い印象をうける。高木のてっぺんに神が降りるというが、そういうことの肯《うなず》ける場所だった。ここに比べるとヤクスギランドははるかに人くさいし、木々もまた人なれがしているとわかる。ここの木々の現在は、まだまだ人目の垢《あか》を蒙《こうむ》っていず、清浄だった。

ここから道は更にきつくなる。足はもうとても使いものにならない。おぶってあげるという。そして私の体重を五十一、二キロかといいあて、そのくらいなら背負って行く、という。東京をたつ時にお医者さんにも家人にも、欲をだすな、と呉々《くれぐれ》きびしくいわれてきたのだが、負うてもらえるときくと、俄然《がぜん》として欲がわいた。ウィルソン株は千米、縄文は千三百米、距離はどれだけかしらないが、高度は三百米だけの差、図々《ずうずう》しいが負うて連れて行ってもらえるなら、かねての念願が遂げたかった。紐《ひも》もなく、手もかけずに負うのだった。それもうんとこ、やっとこと行くのではなくて、登りも下りも石から石へと、弾みをつけて跳ぶ。勾配がきつければ、なお弾みをつける。時には足と同時に手もさっと出て、あやまたず手掛りの石をつかむ。その機敏自在な運動といい、道のはかどりの早さといい、おどろくばかりだった。だがすこしこわくもあって、ひやひやしていると、おぶわれるのも気疲れするものだが、安心していて下さいという。相済まなくて、有難くて、背中で恐縮していた。

縄文杉は、正直にいうと、ひどくショッキングな姿をしていた。これが杉かと疑うような、不恰好《ぶかっこう》だった。根から十八、九米くらいのところ迄の幹が、横にどでかく太く、そこから数本の枝がわかれ、幹の太さは急に減る。枝振りもよくない。杉は丈高くまっすぐで、頂きの尖《とが》った三角形、という姿が常識であり、端正というイメージである。この通念は縄文の前では、形なしである。太さと高さの比例も美しいとはいいかねるし、三角も崩れているし、およそ端正とは遠い。根まわり二十八米、胸高直径五米、樹高三十米、コンピューターの計算では、樹齢七千二百年という。発見は意外にも、昭和四十一年。この狭い島だというのに、こんな巨木が長の年月、人目にふれることなくいたというのは、不思議だ。

屋久杉は総じて、こぶこぶ、でこぼこのようだが、この木はまた特にそれがひどく、幹全体が瘤《こぶ》の大波小波で埋めつくされている。その幹が上のほうまで枝がないので、むきだしのまる見えなのだし、しかも周囲二十八米の太さだから、目に来るこぶこぶの面積はひろい。その上にもう一つ、瘤をどぎつく見せるのは、皮肌の色なのだ。杉の樹皮はもともと赤褐色だが、これにはところどころ灰白色の部分がある。曝《さ》れてなのか、白髪のようなわけなのか、赤褐色のなかに灰白色の筋がうねっているのは、おどろおどろしくて不快だった。根は広い範囲にわたって地上を這《は》い、縦横あやにかけてのた打っている。これも曝れてか、踏まれてか、皮がむけて白く裸になった部分が目立つ。なにより不気味なのは、ひと目みれば忽《たちま》ちわかる、古さである。機械が算出した七千二百年の信、不信はどうともあれ、見た瞬間にすぐもう、直感的にこれははかり知られぬ長生きだ、と肯《うべな》わされてしまうのだから、なにかは知らずあやしい。岩石などなら、七千年でも抵抗はない。が、生物でそんな長寿が信じられるだろうか。それなのに、見ればその常識をこえた長寿をのみこむ。樹容も異様でショッキングだし、樹齢もまた不気味な迫力でせまる。

本当のところを打明ければ、私はおびえていた。おびえているから考えることもなみを外れるし、並外れを考えるから、またそれにおびえる。この杉は、なにか我々のいまだ知らぬものに、移行しつつあるのではなかろうか、などと平常を外れたことを思ったりして、だいぶイカレていたのだが、同行皆さんの厚い好意の手前、感じたままのあしざまはいえない遠慮があり、その遠慮でイカレをかくした。昼のお弁当が配られたが、胃はしかんでいた。手足も限度だった。ただ有難かったのは、背中に陽があたっていて温く、暫時《ざんじ》の居眠りをするにはもってこいだった。眠ろうと思えば何処《どこ》ででも眠れるのは、私の得意わざである。

いくらか元気回復して眺めれば、さっきとは大分にちがってみえた。縄文はやはり、申分のない別格だった。太くずんぐりした姿には、悠揚の雰囲気があり、太さに較《くら》べて丈が足りないのは、いつも梢に荒い風が吹き当てているからで、いうならば忍耐の姿だろうか。端正ではないが、剛健である。醜怪とみえた幹の瘤も、浮き出た根張りも力であり、強さであり、華奢《きやしや》な美はない代り、実力のたのもしさと見る。樹皮の色がおどろおどろしく思えたのも、改めて見てみれば、手織の織物のようで好もしい。杉皮はやや不規則な畝《うね》を刻んでいるものだが、その畝に褐色と灰色の二色が施されていれば、いわば縦しぼ織の、乱立縞《らんたつじま》かやたら縞という趣きである。この老巨杉は、姿は武骨なのに、ずいぶん粋《いき》な着物を着ているものだ、と興ふかく思う。からだが疲れていれば、心も疲れ、心が疲れていれば、目も誤ってしまう。逢いがたい杉に逢いながら、一度はいとわしく見、二度目に好ましく見直すことを得て、ほっとした。縄文はやはり一位も一位、ずば抜けた風格である。ただし、風趣風韻では、大王杉と呼ばれるものに譲る、と私は思う。

帰路はもうほとんど歩けなかった。右の足を踏みおろせば、うしろに残った左の足が、手をかけて引っ張っても、いかなこと動こうとしないので驚いた。来年はもうダメだが、今年ならまだなんとか、と思っていたのは、いい気なもので、介添さんの手と背があったからこそ、あぶなあぶなでやっと逢えた屋久の杉だった。逢えたというが、逢ったというのではなく、ただ、表面の形をみた、というだけである。それもはっきりとではない。根まわり二十八米、胸高直径五米といっても、その太さ大きさは私には摑めていない。帰京して紐でもつないで計ってみなければ、どうにもわからない。でもそれはまだ何とかなろうが、問題は、あの巨杉をどう考えたらいいか、ということだった。

*

東京のある銘木店が、長年の得意先へ感謝のこころから、なにかいい催しごとをしたいと、いろいろ考えた末、屋久島の縄文杉見学旅行へ招待したところ、これがぴたりと皆さんの意に叶って、たいへん喜ばれたという。商売の上では古くから扱っている屋久の材だが、立木の姿で見ている人は少ない。いつか一度は見ておきたい、と気にはとめていても、多忙に押されてという人ばかりだそうな。

参加者は、足の強い人も弱い人も、ともかく全員が縄文杉の前に立ち、めいめいに感動し、それぞれに感想を語りあい、賑《にぎ》やかなことだったという。そして宿に戻って寛《くつろ》いでのち、七十何歳という長老格のお年寄が、おかげさんで今日は、生涯一番のいいものを見せてもらって、まことに堪能《たんのう》した、と催し主へ礼をいったそうである。いいもの、という言葉を、なるほどと思う。いいもの、とはふわっと大まかな言葉だが、いとおしくも思い、大切にかばいたくも思い、貴くも思う気持が含まれる。長年手がけてきた商売だから、材としても充分に見たと思うが、それならそれは自分の眼力にかけて言った、いいものである。けれども同時にもちろん、商売をはなれた心で、純粋にこの巨杉をたぐいなきもの、と讃嘆《さんたん》していう、いいもの、なのだろうと思う。やはり一つの道を貫いてきた人の目はさわやかであり、目が確かだから杉がどれほど大きかろうと、見たものはきちんと心に納められ、心に納まりがあるから言葉も、自然にいい言葉がでてくることになる。私はそういかなくて困った。縄文杉は目からも心からもはみ出していて、始末がつかなかった。

学んだことがないのだし、諸処方々の杉も見たことがないのである。無知無経験のものの持つ手立ては、体当りしかなく、はなはだ心許《こころもと》ない方法だが、それにはそれで無知なりの感動もあって、けっこう楽しい。私にとってはその感動がたよりなのだが、こちらの狭小《きょうしょう》な感動範囲は、ひとたまりもなく縄文杉には跳ねとばされた。そうなるとものを考えるよりどころのないのは、惨《みじ》めである。手も足も出ない。今はもうその日から一年近い時間がたっているのだが、あの常の杉とはちがう縄文の樹容、あのコブコブ（縄文はとくに多数のコブだが、縄文に限らず、いったいに大木の根まわりにしばしば見られる、コブというか、盛上りというか、とにかく平易でないうねりが思い合わされ）、それに七千年という想像をこえる樹齢等々、いまだに何一つ心に納まったものはない。

総じて屋久杉と呼ばれる、長命の大きな杉が、なぜ生き続けてこられたか、ということが話されていた。いくら強い木でも、無事に大樹に育つには、やはりどうしても環境のよしあしがある。ぽつりぽつりとあちこちに点在する屋久を見ると、共通の条件があるのに気付く。海抜は千米から千三百米くらいの間、傾斜があまりきつくなく、小さい盆地のような地形、従って烈《はげ》しい風あたりから逃れた場所、いくぶん深く土があること、また近くに沢があって、水分に恵まれている等の諸条件が共通していた。

さらにもっと推察すれば、若木のまだ弱いうちは、周囲に適当な高さの木々があったほうがよく、これは風その他の害から守ってくれる。しかし、やがて強く成長すれば、充分な日照を得るために、それらの木は邪魔になるから、新陳代謝してもらいたい。こういう好都合に運よく当ることも、屋久杉と呼ばれるまでの長寿をかちえるには必要らしい。それにしても島の風土はきびしい。いったい杉にとっての営養はなにかといえば、あるものは太陽と雨——つまり日光と水とだけなのである。これでよく巨木に育ち、よく長生きができると疑う。だが、これだけしかないのである。

けれどもまた、この乏しさが大いに役立つ。いろんな病気のもとになる、悪い菌が生きられないからである。低営養の代りに病菌もない清潔さ、乏しい暮しでも強く育つ、とはなにやら聞く耳のちくちくと痛い話である。ともあれ屋久杉は、お大尽育ちではない、という。

営林署の苗圃《びょうほ》をみせてもらった。請《こ》うて、よその勤務先から来てもらったという、まだ若い主任さんだった。自分の子よりも心にかけるし、自然と面倒見よく、手間ひまかけるという。苗を育てる人は、どういうものか優しい人が多い、と署長さんもいう。一定のところまで育てあげれば、抜いて、今度は山林に移し植えるが、手塩にかけたものを送り出してやる時は、ただもう無事な成長を祈るのみで、いうにいわれない寂しさを無言にかくして、植え手さんたちに、どうかよろしくと願うのだそうな。

植え手にはまた、植え手の心がある。署員で植林を担当した人が、停年で退職するとき、その労をねぎらうための休暇があるのだが、署長が心づかいして、温泉にでもゆっくり休むようにとすすめても、喜んで出かける人はないよしである。温泉に行くくらいなら、自由に山へ行かせてくれといって、かつて自分が植付けをした、一寸《ちょっと》気軽には行けない狭間《はざま》や高い所を、見にまわるという。そして帰ってきての報告は、頼もしい若者になっていたという喜び、なにが気に入らなかったのか、あの谷へやった子は、少し機嫌がわるい様子で、という愁《うれ》いだ。一度植えれば、それは終生の子として思い、〝どうしてどうして忘れるものじゃない〟と署長は話した。それは退職前の、仕事のしめ括《くく》り、確認でもあろう。が、それ以上に、親心であるし、無事に成長していたとて、国家のためなどとは決して思ったことなく、また仮りに、思わしい成績でなかったとしても、それは世のため人のために愁うのではなくて、その人達はいう――ただ自分がうれしかったり、心配したり、それだけのことです、と。さすがに森林の人たちはちがう、いうことが清涼だった。

苗圃には、本葉になったばかりの苗が、みっしりと勢揃《せいぞろ》いしていた。どれも針葉三本を、誇らかにもち上げている。三つの針葉は、つまり杉なのである。この小さなものが、あの屋久にもなるのかと、遥《はる》かなはるかな気がする。おもしろいのは、よく見ると、三針葉ではなくて、四本のもある。これは規則外れである。種がちがうのかときくと、笑って、そういう愛嬌《あいきょう》ものもいるんですよ、という返事だった。

木のきもの

杉はたて縞のきものを着ている、縄文杉もたて縞だった、と書いたところ、いかにも和服常用者の樹木の見方だ、とある女性から興がられた。そういわれれば、そのようである。和服を着通してきたのは、なにも和服着用に自信があったわけではなく、ただ体型があまりに、洋装向きでないために怯《ひる》んでいるうち、いつか和服のままに老いてしまって、いまやもう替えようとは思っていないのだが、なにはともあれ、七十年間も着つつなれにしなのである。杉はたて縞またはたてしぼ、松は亀甲《きっこう》くずし、ひめしゃらは無地のきものと思う。

木は着物をきている、と思いあててからもう何年になるだろう。北海道へえぞ松を見に行ったとき、針葉樹林を走りのぼるジープの上で当惑したことは、どれがえぞ松だか、みな一様にしかみえず、見分けができないことだった。仕方がないので、目的地へついてから、教えを乞《こ》うた。あなたは梢《こずえ》の葉っぱばかり見るから、わからなくなっちゃう、幹の色、木の肌の様子も見てごらんといわれた。つまり、高いところにある葉や花にだけ、うつつを抜かすな、目の高さにある最も見やすい元のほうを見逃すな、ということである。そのときに、これは木の装《よそお》いであり、樹皮をきものとして見立てれば、おぼえの手掛りになると知った。とはいうものの、木綿一つにもいろいろあるのと同様、樹皮もよく似たものが沢山あるので困る。まずせいぜいがすらりと伸びた若杉に出逢《であ》って〝お、これはこれは。お召物よく似合っておみごと。粋で、こうとで、人がらで、いい青年だな〟とみとれて楽しむくらいなところである。

専門家にとっては、初歩も知らないズブの素人に、ものをきかれるのは相当な迷惑だと察しる。じれったくて、ばかばかしい気がするだろうとおもう。この時もさき様へは迷惑をかけたことだが、こうした教え方は有難い。梢ばかりをと、こちらの駄目なところを指摘した上で、樹皮の色を肌をと指導してくれる。親切である。親切がしみこんでくるとき、こちらは一つ覚えにおぼえ、以後ずっとそれを力にする。一歩先に立って歩きながら、淡々とそう教えてくれた山の人の、首から肩へかけてのむっくりと頑丈な姿を忘れないのである。

歌舞伎の衣裳には、ずいぶん厚いものがあるようだが、松王梅王桜丸の、松王のこしらえは見るからに厚い。手にとって見たのではなく、遠い席から眺めただけゆえ、本当にぼってりしているのかどうかわからないが、古松の樹皮をみていると、あの衣裳を思いあわせる。松は厚い着物なのである。厚く着ている、といったほうがいい。樹皮はいわゆる松皮で、亀甲くずしとでもいうような形の、粗いがさがさな裂け目があるが、その裂け目の深さをみると、厚く着ていることがわかる。松王の衣裳は、黒地に雪持の松の枝で、黒、白、青という清冽《せいれつ》な配色だが、本物の松の着衣はよごれ色であり、もっぱら亀甲ようの裂け目が貫禄《かんろく》を示している。ついでながら松王の髪は、たいへんな厚頭だが、自然の松にもしばしば、すごいような針の繁茂を見かける。芝居のこしらえもだが、自然の作りもうまいものだと感にうたれる。松のあの重厚な着物には、あのくらいの厚い髪が載っていなくては、釣合がわるい。薄毛では着物が泣く。

いちょうの着物は、しぼ立っている。大きな木ほど、しぼが高いようだ。たいがいは縦のしぼが多いが、よろけ縞のようなのも、斜め格子《ごうし》のようなのもあり、しぼの長短も配列も、いったいに不規則である。ただ、杉や松のような裂け目、割れ目といった樹皮ではなく、太い皺《しわ》がよったというように見える。かなりのしぼだから、遠見にもその筋がはっきりわかる。葉は独特なおもしろい形をしているし、しかもそれが秋には、あたりを明るくするほど鮮やかな黄色に染まる。その時に幹のしぼがまた、実にきれいにみえる。先年、上越を行く電車の窓に見た美しさは、目に残っている。澄んだ空に、黄いろい葉がくっきりと浮きでていて、斜めな赤い日ざしに、幹のしぼが黒く引きしまって、いかにも、しっかりと立っております、というふうだった。伊達《だて》に筋立っているのじゃあるまい、やはりそうなるわけがあるからこそ、あれだけカラフルな風景を締め括る力をもっていたのだろう。

深い裂け目もなく、高いしぼもなく、けれども滑らかでもない、ぶちぶちの衣裳をきている木々がある。樹皮がところどころ順々に剝《は》げ落ちるので、落ちた痕《あと》は色が浅く、それで斑《まだ》らになるのである。ばくちのき、かごのき、すずかけのき、ひめしゃら、夏つばきなどが、剝げる肌をもっている。剝げ剝げで、ぶちぶちになるから、これを汚ならしいと嫌う人もいる。実際、剝げかけて皮が浮き上りながら、なお未練がましく喰付いている場合などは、おできの瘡蓋《かさぶた》へ連想が走るので、あまり見よいとはいえない。それでも木の根もとを見ると、脱落した小片の皮が、水分を失って、身を縮めつつ、ひっそりと塵《ちり》にかえろうとしていていじらしい。役を仕果したあとの姿には、美醜をこえて心惹《ひ》かれるものがある。

見ようによっては、ぶちぶち模様の着物はうつくしくもある。すずかけのきなど、美しいと思う。私はこの木の着物を、織物ではなく、染物の美しさだとおもう。杉の縞も、松の模様も、いちょうのしぼも、これらは織って出している柄模様だが、すずかけは織りの深味がない代り、染めのおもしろさ、精巧さがある。一度にくるりと剝げるのではなく、小部分宛《ずつ》、順繰りに剝げるので、色の濃淡が複雑に入りまじるが、数えてみたら、うす茶、もう少し濃いうす茶、みどり、みどりがかった灰色、と四種がまだらになっていた。染めもかなり高級な染めといえる。縞さるすべりなどは、全体に赤茶を基調色にした、好もしいむらむら模様で、いい衣裳である。

こんな利《き》いた風なことをいうが、本当は木の肌は、木の一生を通して見た上でないと、決ったことはいえないのだそうである。なぜなら木だって、赤ちゃん時代、青年時代、壮年時代、老いて後、とだんだん肌は変るという。少年の肌からは、察しもつかない老後の肌なのだろう。肌だけでなく、葉では形をさえかえるものがある。幼い時は丸い葉が、育ち上るに従って切れ込みがはいるのもあり、若い時は切れ込みがあったのに、のちには丸くなるものもある。老いて尖るもあれば、老いて円熟するものもあるというわけか。

ひめしゃらも剝げる木だが、特別うつくしい肌をもっている。林の中で、ひときわ目立って、赤い肌である。しかもそれが着物ではなく、素肌といった感じである。さわれば冷く、つるつると滑らかで、その上光沢がある。布地でいうなら、羽二重だろうか。若木のうちは剝げないのか、それとも剝げても痕が残らないのか、とにかく若木はぶちぶちではない。だからもし着物に見立てるならば、赤褐色の無地羽二重を着ている、ということになって、いささか、フォーマルな部類に入る衣裳なのだが、しゃちこばらない商家の女性といった趣きがあって、気軽で、あいそよくて、うるさくない程度に笑いさざめいて、フォーマルをちょいちょい着に、着こなしているという様子である。

然《しか》し、大木になるとやはりぽかっとした、脱落痕《こん》が残っていて、その部分は色がうすい。箱根の樹木園には、この木の太いのが何本かかたまっていて、見ごたえがあるが、わけても新緑の、かなり強い降りの日に私はそこへ行きあわせたので、その鮮やかさといったらなかった。一面の濃みどり浅みどりの中に、赤い幹が太さをみせて、誇るでもなく、ひるむでもなく立っており、雨がこんなにも華やかに活気のあるものと、はじめて知る思いがあった。見ると、素肌のような幹を、透き通った雨水が流れ下りていく。もったいないような美しさだった。木の幹を雨水が上から下へ流れるのは当り前なことだが、あまり繊細で綺麗《きれい》な流れなので、しばらくは見惚《みと》れ、そしてこの、世にも美しい小さい流れの、水量をはかりたいものだという気になった。量る道具は何も持っていない。持っているはずもない。あるのは自分のからだと傘一本だけなのだ。からだの中で使えるのは、手だけしかない。右手四指と親指を叉《また》にひらいて、手の平を直角に幹へ押しつけ、雨水が手の厚さをこえてあふれるのを、呼吸の数で量った。いまはその手の平ももう肉薄に痩せているが、当時でもたしか二呼吸ほどで、水は手をこえたとおぼえている。新緑の雨は、思ったより冷めたかった。

この木にはじめて逢ったのは、大井川の寸又峡《すまたきょう》の奥の山だった。間伐作業があって、ちょうどその木を伐《き》ろうとしていた。ものの芽がようやく動こうとする、春はまだ寒い季節だった。動力ノコではなく、斧《おの》というか、鉞《まさかり》というか、振り上げ振り下して、丁々と伐る。刃の当るたびに、切口から水がはねとぶ。ぱしゃっとはねとぶ。木は季節を誤りなく知っているから、芽はまだほぐれずとも、体内ではもう盛んに水をあげているのだ、と教えられた。この木は、水が多いそうである。斧を一寸休めてもらい、切口をのぞいてみれば、水は玉に並んで落ちようとしていた。いま伐られる木の、このいとなみ。

滴《したた》りを指の先にうけて、味わってみた。無味無臭だった。やがてそれは枝先を谷に向けて、逆に落ち伏した。わずかにほぐれかけて点々と青さをつけた梢と、立姿のやさしかった赤い幹を私は惜しんだ。すると案内のひとは、そんなにひめしゃらが気に入ったのなら、ちょうど手造りで、花器にしてあるのがあるから、あげましょうと贈ってくれた。自然のうろを生かして、ただ胴切りにし、水受けをはめこんだだけの、素朴な佳品でうれしかった。もう赤い肌ではなく、沈んだ鈍色《にびいろ》におさまって、艶《つや》もひそみ、しかし肌ざわりはなめこい。野のものをいれると、なんでもよくうつる。ひめしゃらという木は、私にとっては、水と縁のある木といえる。水性なのだろうか。

安倍《あべ》峠にて

静岡県と山梨県の境、安倍峠に楓《かえで》の純林があるということを、ふと県の自然保護課からきいた。とたんに、連れていって下さい、と願った。新緑はどの木もきれいだが、楓の類《たぐい》の芽吹きは、ことに美しい。公園にある二、三本の楓でさえ、芽吹きには思わず足をとめて見惚れるものを、そこは純林の、一斉の芽吹きになる。どんなに心ゆく眺めだろうと思うと、この目の福をそらすわけにはいかなかった。老いると欲張りになる、というのは本当のことである。ぜひ連れていってと頼む自分の脚力の萎《な》えも、頼まれた相手の心づかいのほども、よく承知していながら、なおかつ闇雲《やみくも》に純林の楓の芽吹きを見たく思った。五月連休過ぎにと、保護課から連絡をいただいた。欲の叶うその日、天気も上乗で、静岡へ走る車窓の新緑新緑は、どれもみな金覆輪《きんぷくりん》に飾られていた。

人によると、花よりも新緑が好きだという。新鮮好み、さわやかな好みなのだろう。

私は両方とも好きだが、細かくいえば、咲きだそうとする花、ひろがろうとする葉に一番心をひかれる。蕾《つぼみ》が花に、芽が葉になろうとする時、彼等は決して手早く咲き、また伸びようとはしない。花はきしむようにしてほころびはじめるし、葉はたゆたいながらほぐれてくる。用心深いとも、懸命な努力ともとれる、その手間取りである。柿《かき》の葉はうつむきの姿勢で遅々としているし、けしの花が冠《かぶ》りものを脱ぐのもひまがかかる。花の、葉の、いのちのはじまりには、それぞれ遅渋があり、しかしそれを過ぎればけしはしっかりとけしの赤を開き、柿は柿の緑を伸ばして、一人前になる。私は花の、葉の、はじまりというか生れというかが好きだ。だから新緑になってしまうと、なんだか一段落したような、気を抜いた眺め方になる。むろん美しさにはみとれるのだが、芽吹きでは見守る目が、新緑では見やる目になって、そこにいささかの気持の隔りがある。

芽吹きを好く癖は以前からのものだけれども、ここ数年来はよけいにその傾向が強くなった。多分、老いたからだと思う。老いた心にはひとりでに、次の代への繋続《けいぞく》とか、新しい誕生とかへの、そこはかとない希望がいつも、潜在的に作動しているようである。私が花や葉もその生れの時期を好くのは、そういうひそかな下心のせいにちがいなかろう。車窓の新緑はもとよりいい気分ではあるが、まだほぐれ渋っているであろう峠の楓の芽吹きこそ、私の見たいものなのだった。

静岡からは車で、安倍川ぞいに梅ヶ島へ向う。川の蛇行に従って次々に、山また山が現われる。みんな若葉を着た山である。静岡県にこんなに山があったかな、と思う。川を遡《さかのぼ》れば山が出てくるのは我国地形の当然だが、静岡県は海岸平野部のイメージが強い。勝手ちがいしていたことがおかしい。しかも、続き続く青い山の所々に、黒い地肌をむき出しに崩落した痕があり、また、古い崩れだろう、部厚い防護壁を施したところもあって、そこもやはり黒い土が露出している。糸魚川《いといがわ》構造線が通っているためめに、安倍川流域にはゾレが多く起きるという。静岡県の苦悩である。年々起きる山地の崩落と、安倍川の荒廃に、国と県は協力して、年間十何億とかいう大きな費用をかけているが、自然の破壊力にかかっては、防護も修復も追付かぬようにきいた。そんないたましい災厄の話のうちにも、安倍川は広い川床の割には細い水をおだやかに流していた。然し一見おだやかにみえるその流れの少なさが、すでにもう破砕帯であることを語るもので、本来あるべき筈の水量は、川を流れず、川の底を潜《くぐ》り潜って、地下を流れてしまうのだそうだ。その故《ゆえ》に安倍川にはダムが作れない。第一、地盤にダムを持ちこたえるだけの力がないし、水はよそへこけてしまうから手がつけられないという。

木や草に対して自然は、多くの場合、適当にやさしい。私はその「恵み」の部分を見ることになれて、だいぶウジャジャケていた、という締まる思いがあった。川の水がみんなどこかへ洩ってしまうなんて、なんとこわいことだろう。このこわさ、覚えていなくてはいけないことである。

梅ヶ島から、なお登る。私の足がたよりないので、車の行けるぎりぎりいっぱいまで運んでもらう。おりたところで、一行全員が声をあげて喜んだ。思いもかけない幸運があったからである。谷を隔てて相向うあちらの山の、ツガ等にまじってアカヤシオの花がいまちょうど真盛りに咲いていた。そこにそういう群落があることは、土地に詳しい保護課の方々も知らなかったそうである。ということは、花のいのちは短いし、葉だけの時季、落葉して枝だけの時季に、谷のこちらからは発見しにくかったのだろうと推察する。アカヤシオというが、花の色は赤でも朱でも緋《ひ》でもなく、すこし藤色《ふじいろ》がかった濃いピンク、といったような複雑な美しい色である。つつじである。尾根近い岩石地を好んで生きる。そんな貧しい土壌から、どうしてこんな花色花容がもてるのかと疑う。背丈は五、六メートルにもなる由《よし》、花が先に咲いて、葉はあとから出る。だからこちらから見ると、針葉樹の重くるしい青のあいだに、花は浮いてでもいるような懸りかたをしていて、艶冶《えんや》である。あかず見ていると、一抹の淋《さみ》しさをともなっているのもわかってくる。山の花の特徴だろうか。ますますいい花だとよろこんで、目の福目の福と山神さまへお礼をいう。

さて目的の峠へついた。が、ここが旅のおもしろさだった。芽吹きにはまだ何日か早く、当は外れたのである。楓はまだすっかり裸の姿で立っていた。もっともそこへ来るまでの途中で、芽吹きの模様は順々に見てきて察してはいた。下ではすでに幼葉も掌《てのひら》をのばしており、中ほどでは用心深げにやっと少しゆるみを見せ、そして峠の手前ではひっそりしていた。つまり、あっと驚く当外れではなくて、なし崩しに合点していた当外れだった。

林の楓はオオイタヤメイゲツで、大樹、中樹をまぜて、その平地になった一区劃《くかく》は、純林のせいか一種の風趣があった。大樹の樹齢から推して、林はすくなくも三百年にはなっているだろうか。落付いた佇《たたず》まいがあり、林へ入るといつのまにか、ゆったりと遊びに来た感じになっていた。地形もあろうし、木ぶり、木の配りにもあろうし、或《ある》いはまた楓という木のもつ性質かもしれない。人の気持を平安にする林だと思った。

勢いとたゆたいのまざった、新葉の生れを見ようとして、はからずも裸木を眺める次第になったが、それが本当の順かも知れない。裸から芽組み、葉をもち、花に実になり、課された約束ごとをすませたあと、燃える赤に染めておいて、散って消える

——裸から見るのが順のような気がする。見る気で見る楓の裸は、これがはじめだった。楓は女性の好く木だと私は思っているのだが、大樹のくせに裸のからだつきにどこか女っぽさ、やわらかさがある。見上げると大枝小枝が、快晴の空に不規則な、そして繊細な網目を透かしているし、はなやかである。秋にはああして華麗な衣裳をつけるほどの木だから、裸にしながあっても不思議ではなかろうか。とにかく裸も華やかで見立のいい木だった。

林を出抜けると、もうそこが県境で、向うは甲斐《かい》の国、いかにも国ざかいと思わせる、幅のひろい大きな風が吹き上ってきた。楓はそこまで、その先にはもう無いのだった。来た道を戻って帰路につく。胸にかすかな愁いがあった。それは林の下にクマ笹《ざさ》が茂っていたこと。これが生えてみっしり地を覆《おお》うと、楓はどれほどたくさん、実をふり播《ま》いても新しい芽は育たないとのことだった。笹が幼樹の頭の上にのしかかっていて、日光を与えてくれないからである。いわれてみると、なるほど林は大樹中樹で成り立っていて、若木はともしかった。それなら、笹どもを殲滅《せんめつ》したら、と口をとがらせれば、それがねえ、笹はむずかしいんですよ、という。あるいはそれが自然の仕組みであり、あらがい難い成行きなのかもしれないが、老女としてはさみしい。今年来年のうちに、この林が変相をみせはじめるというのではないが、私はさみしかった。

次の日、日本三大崩れの一つとかいう、大谷《おおや》崩れを案内して頂いた。なんという山か、押し立ったひと連らの山なみの、広い稜線《りょうせん》から裾《すそ》へかけて、だあっと一面の崩れあとである。どれくらい昔から崩れているのか、今も近くでみれば絶えず音して土やら、岩片やらが落ちているけれど、それでも近年は、だいぶおとなしくなっているという。中腹から下の一部分に、なにかが生えているところもあるのは、近年落付いている証拠のようなものだろう。木は強いのだろうか、弱いのだろうか。現在まだゾレている土地だろうと、種がありさえすれば生きていく。だが笹にはびこられれば、もう何十年か後には死絶えてしまう。とはいうがここで見る限りでは（樹種は私にはわからなかったが）、ゾレに住みつこうとしている木はけなげに思える。そんなことはけなげでもなんでもなく、学問の上ではただそこに適応できる性質の木、というだけのことだろうが、私は感情をもって見るのである。

山のゾレと同じことが、安倍川の川原にもたくさんあった。砂まじり石だらけの川原には、アキグミやヤナギがもさもさと茂っていた。冬は寒く夏は焼けつく暑さ、川というのに乾燥し、雨が降ればすぐ水浸し、それでもその悪条件下へ、他の樹種に先がけて根を据える。しかも一定の繁昌《はんじょう》を見たあとは、ほかの木々に取って代られて凋落《ちょうらく》し、あえなくあとから来たものの肥料にされてしまう。自然の運行の一環なのだが、私はグミをあわれにおもわずにはいられず、アカヤシオの艶冶な花と一緒に、アキグミのもっさりした姿を、目の中に仕舞って帰った。

たての木　よこの木

奈良に住んでいたときには、西岡さん兄弟両棟梁《とうりょう》から、いろんな話をきかせていただいて、大層しあわせをしたが、そのいろいろな話の中で、折あるごとにくり返して、木は生きているということをいわれたのは、印象に深い。

ここにいう木は、立木の木のことではなくて、材のことで、西岡さんは立木は立木の生きかた、材は材の生きかた、かりに立木を第一のいのちとするなら、材は第二のいのちを生きているのであり、材を簡単に死物扱いにするのは、承知が浅いというのである。工匠の認識である。また、あるとき弟棟梁さんがみえて、生きている木ばかりではなく、木の死んだのも見ておいてやって下さい、という。これも材のことをいっているのだが、木の死んだの、といういいかたがちょっと腑《ふ》に落ちなかったのできくと、死んだ木と木の死んだのと、どっちでもいいようなものだし、自分にはうまく説明できないが、どうも死んだ木といったのでは少しちがうように思う、朽ち木、腐れ木、腐朽材、廃材、どれもぴたりとしない、やはり木の死んだもの、というのがいちばん当っている、という。ふだん言葉のことなど、決してうるさくいわない人だったから、こんなにきつく主張するとは、よほど思い込んで考えたあげくだろうと察した。見せてもらったのは杉、松、檜《ひのき》の取外しの古材で、もうすっかりもろけていた。もろけてはいるが、それぞれ本性は失わず、松は松、杉は杉とはっきりわかる。

木の死んだの、死んだ木——その違いが摑《つか》めなくて困った。腐ったというのではないと思う。腐敗の行進しているあいだの、じとついた汚ならしさを、これらの木が経過した様子はない。朽ちた、というのはそう見当外れでもなかろうか。しかし朽ちたといえば、やはり汚なさや陰気をともなう。これにはそういうものがなく、からりとしている。置かれた部署で長く長く用に立ち、いつ使いつくすともなく、気付きもせぬほど傷《いた》みなくて使い果し、死ぬともおぼえずいのちを終った、というような死の穢《けが》れのない終焉《しゅうえん》をした木を、棟梁は木の死んだのと呼ぶのかと思う。いわば無垢《むく》無苦の天然死、というような含みがあるだろうか。だから、外部から死の原因になる悪い病気だの、災厄だのを受け、病み苦しんだものを、あるいは死んだ木というのかとも思う。これは棟梁さんに訊《き》き糺《ただ》したわけではなく、私の推察だからちがっているかもしれないが、なににせよ、工匠の識別というか、この棟梁の人柄からというか、とにかく独特の言葉えらみが、強く印象に残っている。言葉づかいからいえば、正しいかどうかはわからないが、先の木は生きているといい、またこの木の死んだのといい、材と相対してものをいっている工人の前では、ただその心情、感覚を追ってみようとする以外なにもできなかった。

「しかし棟梁、もっとほかにいいようがないんですか。木の死んだの、じゃなんだか子供言葉みたいじゃありませんか。」

「——でも、仕様がない。それがいちばんいいと思うものね。」

しっかりした切味だった。

林の中にはいると、たいがい一本や二本の倒木に出逢う。あらしに捻《ね》じ倒されたかと思われるのも、寿命である日ゆらっと倒れたかと思われるのも、原因はさまざまだろうが、人にさわられずにそっといるものは、どれもみな平安で、おおらかで、美しい寐姿《ねすがた》をしていて、佇んで眺めるとき、よく奈良の棟梁のことを思い返す。あの棟梁は、森の中に苔《こけ》のころもを与えられ、平安に横たわる倒木を見たら、どういうようにいうだろうか。材はもと立木、倒木も元は立木、でもこれは材ではないが、どういう言葉をえらむかききたい。私もこれを何とか呼ばなければなるまいと、必要にせまられているのだが、いい言葉がみつからず、倒木はずばりでいいけれど、もう少しいたわりがほしい気がする。そういう気が起きるのは、倒木は概して平安で、清浄感に包まれているせいだろうか。でも、そうきれいなものばかりの筈はなく、台風の通路下《すさ》で、一列にずっと薙倒《なぎたお》されたハリモミの林を見たことがあるが、惨《むご》いというか、凄まじいというか、驚いて意気消沈したおぼえがある。今より十幾年も若いその時でさえまいったのだから、こういう集団死傷に逢った林は、ちょっとでも早いうちに、もう一度行逢っておかなくてはと思った。むごいもの辛《つら》いものは、見たがらない年齢に、もうとうになっていたから急いだ。

北海道の野付半島トド原には、広面積のトド松の枯れ林があると、もう十年余も前にきいていた。夏のはじめの頃には、海霧の濃く淡く去来する中に骨ばかりになって突立つ立枯れの木に、これも枯れてなお纏《まと》わりついているサルオガセがゆらゆらし、この風景に堪えられる人は少ない、と書いて知らせてくれた人がいた。そうきくだけで、相当心構えのいる景色だと察したが、別の見方をすれば、こんな清浄な墓所設計はめったになく、なんの故に一斉に逝《い》ったものかは知らないが、トド松としては満足至極だろうし、弔問する立場のものからすれば、中途半端《はんぱ》でない、いっそすっきりする雰囲気かとも受取れた。然し、北海道も野付となると遠く、所要日時を数えると、そうは都合をつけかねて過ごした。

そしてこの春、アオモリトドマツを専攻する青年の同行と、親戚《しんせき》の若い女性の介添えを得て、心にかけてからも長く滞っていた野付行きにでかけた。

ところが半島の付根の、この先は徒歩という車止めの場所から、あそこがトド原と指されたほうを見たとたんに、無沙汰《ぶさた》に過ぎた十何年の年月を思い知らされた。行手に遠く逆光線に見たのは、たった何本かのトルソーようの、まばらに立つ棒状枯木だった。底抜けに明るく、あっけらかんとしていて、まことに言葉もでない当外れを喫した。せっかく来は来たけれど、もうタクシーをおりるまでもなくあきらめた。運転手は気の毒がって、もう四、五年早いとまだ面影があったがといってくれ、駐車場のまわりにやたらと咲いている黒百合《くろゆり》を、とっていかないかとすすめる。まだ先の旅があるからと断ると悪強いはせず、この花を珍しがる人は多いが、バカッ花だという。花はみな派手な色に咲くのに、これは地味も地味の真っ黒けに、しかも俯《うつむ》きに咲くと笑う。笑いながら私は、枯れトド松がだんだんに自重にも潮風にも堪えられず、次々と小枝を失い大枝を失い、ついには崩れていったであろう姿を想像し、しかしなお残っていたものも、やがて急に増えてきた観光客のさわがしさには、一も二もなく土への還《かえ》りを急ぐほかなかったろうと思いやった。でも、そこが観光地として宣伝されなくても、遅かれ早かれ、潮風と海霧の墓所は、いつしかは今見ると同じ、あっけらかんと明るく透き通った、空気だけになる筈で、これも樹木の終りの一つの型とすれば、これでいいのだろう。惜別の思いのみが残った。

同行してくれたアオトドの人は、やさしい思いやりをする青年で、そしてたぶん力持だと思う。口数はすくなく、適宜にいろいろ教えてくれる。野付行きは私がいいだして頼んだことゆえ、当外れしたとてこの人が埋合わせをすることはないのに、気をつかって、蓼科《たてしな》から奥へ入った縞枯山《しまがれやま》へ案内してくれた。ここも集団の枯死で名の高いところだ。それもなんとも奇妙なことに、山の斜面にかなり規則正しい幅の横縞を描いて、一列に並んで枯れている。枯れているところは、曝《さら》されて骨になった幹がつくんつくんと立ち並んで、灰白色の縞になっているし、生きているところは勢いよく繁茂して、ふっさりと瑞々《みずみず》しい濃みどりの縞である。灰白色と濃緑との段々が、山腹に重なっている風景は異様である。

どういう約束ごとで、そう気を揃えて横縞になるのか、その場の木にはその場の中合わせだか、都合だかがあるのだろうが、よくもまあ正しい間隔を保ちながら、集団で一斉の終息をすることができたものだと驚歎《きょうたん》する。

トド原は潮位の上昇か、地盤の低下か、海水に根をいためられてともいうし、強い潮風の塩分と風力のせいともいうし、もっと他の説もあるという。縞枯れもなぜそうなるのだろう。私でさえ焦《あせ》り気味にそう思うのだから、専攻の方々はどんな気持だろう。もっとも玄人《くろうと》は素人《しろうと》の思うようなものではなく、たいがいは素人の思うのの、反対のところを考えているというから、案外ゆっくりと灰白色の枯死の縞を眺めるのかもしれない。よく見れば灰白色の下には、あれで何年ぐらいになるのだか、まだまだ少年ほどだと思える若木が頭をそろえている。親が一斉に逝き、そのあと子が一斉に生まれる、このみごとな仕組。この子等が育ち上ったとき、前例のようにやはり交代は行われるのだろうかと思うと、みごととはいうけれど、なにか慄然《りつぜん》とするものも感じる。木の生死とは、なんとこわいものかと思わずにはいられない。けれども何はともあれ、眼前の若木にはほっとして心なごむ。

ここで昼食の休息をし、食事の間も縞を眺めていて、つい縦と横と斜のことでぐずぐず思っていた。縞は生と死二様の横縞、生の木々はむろん縦に生き、しかし死の木々もまた多く縦に立ったままの立往生。だが、そこには自然倒れて横になるもの、傾《かし》いではすに懸かるものも若干はある。灰白色の縦、横、斜に描かれた線描は美しいとも見え、不気味にも感じられる。それもいずれ何十年か後には、みな自然の法則に従って横にしずみ、いまある若木の繁栄のもとに払拭《ふっしょく》され、浄《きよ》められる。そう信じて一礼して、帰途についた。

それ以上の縞の中へまで入込むことは、いかに頼もしい青年の介添えがあろうと、気がひるんでできず、また体力脚力も限度であった。彼もそれを察し、いたわってか、自分は四、五年前にもここを訪ねているのである程度の予期はして来たが、それよりまたずっと枯れが拡《ひろ》がっていておどろいた、だがまた、今はこんなに若木が大きく現れていて、ほっと救われたという。林を歩く人はみな同じ心情をもっているらしい、誰からも聞く、若木は希望、新樹は救いだ、と。木の死などにはたじろがず、平然と進んでそれを究めようとする強さをもつくせに、若木の繁栄には慰められるのである。のろのろ歩く私に彼は足もとの白い花のある小草を教えてくれる。そんなにたくさん教えてもらっても、覚えるより忘れるほうが早いから駄目だというと、素直にそうですかとやめる。果して一つしかとまらなかった。オサバグサ——筬葉草。高山植物。葉の形がくしの歯のようで筬《おさ》に似る故、そう呼ぶ。筬は織機の付属具、経糸《たていと》の位置を整え、緯糸《よこいと》を織込むに用いるもの、と字引にはあった。タテとヨコだな、とおもしろく思ったのが、覚えるバネになった。

木のあやしさ

去年の夏のはじめ、たまたま静岡県大谷嶺《おおやれい》の、大谷崩と呼ばれる巨大な崩壊を見て、強いショックをうけ、さらにその崩壊地を源として流れだす安倍川が、これまた手ごわい難処置の川であることをきいて、その因果に、なんともいえない淋しさと愁いを持たされてしまった。

それ以来、崩壊、荒廃ということへ気持が向いてしまったので、ぽつぽつと少しずつ、富士山の大沢崩、男体山《なんたいさん》の薙《なぎ》などを見に行っているが、たったこれだけを見たのですら、崩壊現場はみなそれぞれにちがう様相をもち、雰囲気もそれぞれにちがう、ということがよくわかる。いま暴れちらしている最中《さなか》のもあるし、もう老いて鎮《しず》まろうとするかにみえるのもあるし、小休止をしているようなのもある。恐怖感がみなぎっている崩れもあり、一面に悲愁が漂うのもあり、猛々《たけだけ》しく迫ってくるというようなのもある。だが、総じて崩壊地が共通に持っているものは、いたましさではないかと思う。崩壊の押し出した大岩石が、急傾斜を落下していく途中で、不思議な自然のバランスで幾重にも積みかさなって、あぶなく止っているという場所の、すぐ下に立ってふり仰げば、恐しさでガタガタするが、勇気をふるってゆっくりと見まわしてみると、その重々とかさなる岩石群は、がかいが大きいだけに、よけい痛ましさも濃くにじみだしているのがよくわかる。凄まじくても、その底にあるものはいたましさ、荒涼深沈としていても、その底にあるものはいたましさだと、いまのところ私はそう思っている。

　そういういたましさに一つ一つ触っていくうち、気がつくといつのまにか、樹木を見る気持が、以前とはだいぶ違ってしまっているのに、はっとした。樹木に逢い、樹木から感動をもらいたいと願って、林の中を歩くようになったのは、まだつい何年かのことである。その道専門の方々に、その都度、適切なコーチを頂いたので、短い年月のうちに北海道のえぞ松のドラマ、木曾の檜のドラマ、屋久島の杉の風貌《ふうぼう》と、いろいろな樹木の、良質な感動に巡りあうことができた。それは心のよごれを洗われることであり、心中に新しい養分を補給されることだった。だから私は樹木へも林へも、良薬にして美味、といったような思いをもっていた。

　それが山地の崩壊と、川の荒れに目をとられているうちに、気付けばいつか森林も樹木も愁いを刷《は》いた、気づかわしいものになっていた。すくすくと立並ぶ杉の植林に変りはなく、ひと本枝をひろげた楠《くすのき》にも変りはない。照る日、吹く風にももちろん変りはない。それなのにどの木を見ても、なにか真底あかるくはなく、なにか不安な気分をともなって眺める。つい、まさかこの斜面は崩壊すまいなとか、もしやこの川岸は削り流されるのではあるまいか、などという気が先立つのである。崩壊が起きれば、美林もひと薙ぎで逆さに払われるし、洪水になれば川添いの松や柳は、苦もなくそぎ落される。地形河流が気になって、ひとりでに青いもののいのちを気づかわしく思うのだろう。

そのうちに日が過ぎて、八月も末になっていた。大谷崩は少くとも、四回は見に行かなくてはならないと思っていたのに、真夏はやはり暑さまけで思うように動けず、体力の回復を待っているうちに、夏ももう後姿の時季になってしまっていた。住むことにしろ、食べもの着物にしろ、春夏秋冬、四つの季節を経てみなければ、ひと通りのこともわかりはしない。まして山や川のようなものは、四季の変化どころではない、朝夕でも晴雨でも姿をかえてみせるのだから、せめて四季四回は見ておかないと、話にならないのだ。八月末では夏ももう下り坂だったので、小雨だったが心せいて出掛けた。

川に添った道を登るのだが、町を出外れると、もうすすきの穂は光っていたし、よめなの花の紫もちらちらと見え、そして広葉樹の葉は、緑が衰えて侘《わび》しい色をしていた。草はすでに秋であり、木はまだ夏の名残りの中にいた。雨なので山も川もうすく紗《しゃ》をかけているし、谷には時とすると霧がわきでている。前に見た時とはだいぶ風情《ふぜい》がちがう。安倍川は川幅がひろい。だがその川幅いっぱいにあるものは砂礫《されき》であって、流水ではない。晴れている日は石は白く乾いて粒立ってみえ、流れは川幅の何十分の一かくらいに、ほそく少く枯れているが、今日は雨のおかげで石もうるんでいるし、水量も少しふえて、流れの速さが目につく。山は山で、谷々には白い糸のような水を掛けているし、先年の小さい崩壊跡は、剝《む》きだしの地肌がぬれてなまなましい。

大谷へ着いたとき、崩壊の斜面はすっかり霧に包まれていて、何も見えなかった。指先が赤くなるほどの冷気だったが、見ていると霧の動きが早いので、ひょっとしたら切れ目がくるかもしれないと思い、貧乏ゆるぎをしながら晴間を待った。

霧は山腹のあたりからうすれはじめたが、晴れるに従って驚いたのは、前に見た時より崩壊斜面がいちじるしく小さくなっていることだった。まさかこの短日月にそんなにも急に、山が小さくなるほど崩れ減ったのではなかろう。とすれば前に見た時の目が、ひどく狂っていたのか。とにかく前に見たときの印象と、今見るものとは広さに差がありすぎた。なにかこれは山に化かされてでもいるんじゃないか、というような不吉な警戒心もちらとうごく。どう見ても崩壊地は、小さくなっていた。前回の時の自分の目、自分の印象を疑うよりほかないのだが、どうも合点がいかず、不服に思ううち、またもう霧がむらがり湧《わ》いて、尾根も崩れも形あるものは順々にかくされ、ただ漠々とうす白いばかり、さしている傘に雨脚が強くなったのだけが確かだった。崩れというのは、こういう怪しさをもっているのかと思った。

でも、それは崩壊地がおかしいのではなくて、樹木のせいだと思われる。前の時にも山腹の一部には、すでに何やらの木があったのだが、それらの枝はまだ裸で、遠くからは煙ったようにしかみえず、崩れの面積の障《さわ》りになるものではなかった。しかしいまその枝々は葉をつけ、山肌の上に盛り上っている筈《はず》だった。むしろ木こそが、山の面積をせばめて見せる怪しさをもっているといったらよかろうか。それとも青という色の幻術だろうか。今迄《いままで》思ったこともなかった、樹木の新しい一面を知った感があった。木は口もきかず歩きもしない慎しみ深いものだが、なじみ親しむばかりが木との交際ではない、地を隠すもの、広さをまどわすものとしても、心得ていなくてはなるまいと思う。生きているいのちのあるものは大概が、どこか、なにか、はたからは思いはからずも樹木の惑わしを垣間見《かいま》たような気もした。これだから少くも一年四たび、四季の移り変りを知るのは、ものの基礎だといえる。八月末の、おくれ馳《ば》せながら、まだ夏のうちの、枝に葉のあるあいだに、ここへ来合わせたことはしあわせだった。落葉のあとだったら、こういう木と土地の関係は見逃していたろう。

そう思って帰途につけば、川の洲《す》に低くしげるぐみや柳が目につく。これも前の時には、厚味をもつ丸い形に茂っていたが、柳はもう黄ばんだ葉を落しはじめていて、瘦《や》せぎすの細身である。こんな場所へ種や苗をおろす人はいないから、実生《みしょう》にきまっていると思うが、四、五年にはなる背丈だ。ということは、この洲が少くも四、五年以上は平安に定着しているということであり、それはまた、この川にここ四、五年のあいだは、この洲を押し流して壊してしまうほどの大水は出ていないということになる。柳やぐみはいさましい奴《やつ》で、開拓の心をもっている。他の草木に先駆《さきが》けて、川原の石ころの間、中洲の砂の中にいち早く根をおろして生きる。営養の乏しいそんなところに、たくましい勢いで茂る。しかしそうして茂れば、そこへは次の代をになう、次代別の樹種が根をおろし、勢力を張り、先住者は亡《ほろ》びて、あたら先駆けの栄光は、次代の肥料となって消える。だが、この小雨にぬれそぼつ、うす黄色の柳の葉のいとおしさはどうだろう。そしてまた、このごろた石の続く荒涼の川原の、なんと美しく痩せ柳を引立てていることか。

このあと、十月、富山県の常願寺川をさかのぼる旅をした。常願寺川は砂防のメッカといわれるほどの、もの凄《すご》いあばれ川であり、やはりその源には、鳶山《とんびやま》という巨大な崩壊地をもつ。崩れる山と暴れる川は、宿命的な縁である。ここを遡ることは、ただにはとても出来ることではなかったので、建設省立山砂防の力添えを拝借して、とにもかくにも三泊四日の旅をした。そのうち一泊は、上流の工事事務所に泊ったのだが、そこは川岸でただ一ヵ所の、やや広い平地になっていて、気動車の終点でもあり、砂防工事最尖端《さいせんたん》の事務所である。

前はぞっくりと切り立った崖《がけ》で、いう迄もなくはるか下に急流が白く岩を噛《か》んでおり、後も何丈という絶壁がそそり立ち、まっすぐな細い滝がかかっていた。しかもその絶壁は古くからのものなのだろう、一面に色とりどりの紅葉の錦《にしき》が、いまを盛りに飾られていた。木々は標高の高い、寒冷地に適応できるもののみが根付いているので、紅葉もあれば黄葉もあり、褐色もオレンジもあり、よい程に針葉の濃緑もまじる。樹種はいろいろだが、そのどれもが丈高く伸びず、矮性《わいせい》で盆栽形の姿をしていた。絶壁という恐しい条件を下に敷いて、その上を装うもみじのその美しさ。溜息《ためいき》の出るみごとな風景だった。

翌日は雨だった。絶壁の紅葉はぬれていよいよ鮮かだし、滝は昨日一本だったものが、今朝は数条にふえて白い糸をひいている。思わず唸《うな》って、美しい、と感嘆した。所長さんはおだやかに笑いながら、そんなこともいっていられませんよ、という。なぜなら、絶壁に降る雨は、滝になるもの、地下にしみこむもの、すべてはこの事務所のある平地の下へ集ってくる、と考えられるからであり、この僅《わず》かな平地は、その昔の崩壊土砂の堆積《たいせき》から成立っているのであり、その弱い土壌の下へ多くの水が流れよるとしたら――崩壊が起きないとはいえませんからねえ、美しいにはちがいないけど、我々はそうもいってはいられなくて、という。そして、いえ、いま崩れるようなことはないんですよ、と笑う。しかし、からかいばかりではない。本音でもある。この平地も、何年か前までは今の三倍も広くて、所員の慰めのために二面のテニスコートがあったのを、雪解けだか、豪雨だかで、いきなり削りとられて、それだけ多量の土砂は川へ落込み、流されていま跡形もないという話なのである。いま立つ足許《あしもと》が、何かの弾みで忽《たちま》ち崩れ去ることもありうる、と思って谷をのぞけばぞっとする深さである。しかもふり返れば絶壁のもみじは、まさに錦繡《きんしゅう》であった。

危険地のもみじの美しさは格別であった。危険をよく承知し、詳しく知る人がそばにいて教えてくれればこそだが、もし何も知らないでいたら私はやはり、あのもみじにきっと馬鹿《ばか》げた浮かれかたをしていたろうとおもう。樹木はやはり、まどわす力をもっているのだろうか。

杉

テトラポットというものを、はじめて見たとき、なにかこうひどく惹きつけられて眺め佇み、連れの人たちに促されて足をかえしたあとも、しきりにもっと見ていたかったという気がしてしようがなかったことがある。場所は新潟の海岸、もうずいぶん前のことである。どういうわけだかそれが忘れられなくて、ずっとかけて時折おもいだす。関連のある話や事柄から思い出したり、また、全く関係ないときにふっと出てきたりした。どういうわけでそんなに心惹かれたのか、ちっとも思い当らなくて、なぜなのかなあとその度に気になった。はじめて見たせいだろう、と思ってけりをつけていたが、それならその後も、世の中が進むにつれて、さまざまな初めてに逢《あ》ってその都度、へええと感心しているくせに、それらはけっこう次々になみになってしまって、甦《よみがえ》ることは少ないし、思い返すことはあっても、過去のことゝしか思わない。テトラはいきいきと出てくる。はじめてのせいばかりではないらしいと疑う。仕方がないので、へんなテトラ、という枠にいれておいた。

テトラはいつごろから、どのように広く使われはじめたのか知らないが、新潟で見て以後、あちこちで出逢うようになった。新潟のはいうまでもなく防波というか、護岸というか、海水による岸辺の荒廃を防ぐために置かれたものだが、いまはもっとさまざまに使われ、役立っているのだろう。最近に見たのは富士の裾野である。大沢崩から押出される大量の土砂岩石の、砂防に使われているもので、テトラの形も、大きさも、組み方も、その場その場の情況によって、いろいろな方法があるときいた。テトラは進歩と発達を伸ばし続けてきているのだな、という感慨があった。

ちり紙交換という商売がある。古新聞を新しいちり紙と交換するやりかたで、金銭のやりとりをしない商法である。昔の屑《くずや》屋さんとか廃品回収屋さんとはそこが違う。私も古新聞は交換屋さんに出す。呼声に一風かわったアクセントをつける人がいて、その人にきめている。無口な人で、これだけですか、じゃあこれを、とそれだけしかいわず、交換をして行ってしまう。昨秋その人が珍しく、この紐《ひも》かけ、あんたがするんですか、と結わえた束をさして、いつもより余分なことをいった。そうだ、と答えると新しい紙を二つよけい置いていく、という。このオジさんがいうには、新聞がきたなくしてないこと、新聞の折目が交互に重ねて束ねてあること、紐かけがしっかりと固いこと、これは自分がトラックに積むのに、たいへん都合がよく、手間が省けて助かる、だからお礼心に二つよけいにするのだ、といった。あんた紙の扱いを知ってるね、ともいった。そのトシにしちゃ力があるよ、ともいった。しまいに、今どき珍しいよ、しばる力のある女はネ、といって出ていき、私の古新聞の束をホイホイとトラックに投げ上げ、それがみごとにきまって、束は手を施さずに四角にきちっと積み重なって、車体ごと揺れながら崩れ落ちずに、角をまがって行った。そのとき不意に、酒樽《さかだる》のことを思い、ついでまたすぎなりということを思い、さらについで新潟のテトラポットがでてきて、ははあとばかり胸のおりる思いがあった。一連のこのつながりは、すべて交換屋さんのトラックが角をまがったとき、するすると出てきたのであり、私は裏木戸に佇んだままの、暫時《ざんじ》のまのことだった。

酒樽は、もと私の嫁ぎ先が酒問屋であり、幾戸前もの倉には菰《こも》かぶりの四斗樽が、整然と積みあげられていたので、その記憶が交換屋さんのホイホイの鮮かさと、自分の古新聞の四角な積重なりから誘いだされ、積むということから杉形《すぎなり》という形へひびき、テトラへ及んだのだろう。しかし、新潟のテトラは積んだものとはいえず、乱雑に置かれているという形だったのだが——。

いま杉形といっても、通じることは少なくなった。杉の立木の姿のように、頂部を高く尖《とが》らせ、下部をひろく安定させる形のことだが、私は子供のころ、霊前の盛菓子、神前の御供、来客へだす鉢に盛った菓子、料理の盛付、薪《まき》や炭俵の積みかたなどで、この形を整えるようにと、耳たこにおぼえさせられたので、知っているのである。薪などは両側に支柱があれば崩れることはないが、支柱のないときは杉形に積めば、まずは崩れだすことはなかった。料理では和物《あえもの》、なますの類でことに叱《しか》られた。そういうものは中央に、強い頂点を作って盛付けなければだめで、平べったくなっているぬたなどでは、料理神経をうたがわれても仕方がない、とひどい小言をいわれいわれした。

酒樽は、杉形には積まない。重量があるから、これは頑丈な支柱があり、やはり角形に積み上げていく。円形の樽を、幅にいくつ、奥行にいくつ、高さにいくつというように順々に重ねて積む。円形の樽をそのような四角に積むと、樽と樽との間に隙間《すきま》ができる。その隙間へ、どうかすると子供が落ちることがある。広い倉の中に、適当な間隔をあけて、一群一群のかたまりに樽は積まれているのだが、近所の子供達にとっては、それは此上《このうえ》ないかくれんぼの場所であり、少し大きい子は積荷の上に乗ってかくれたがる。そして見付かりそうになると、ついうっかりとその隙間へ落込む。怪《け》我《が》はないが、狭いから上れはしない、止《や》むなく助けを呼んで、おこられて帰る。これもう今は昔の風景だが、多分これへ連想がいったのは、トラックの揺れだろうと思う。私の嫁いだ頃には、運送はそろそろ馬からトラックに変ろうとしている時代で、満載した樽へ綱をかけ渡して出ていくトラックを、何度興ふかく見送ったことだろう。文筆業の実家にいるうちは、全く知らなかった光景だった。

テトラへの連想は、これはもう積むということからにきまっていた。そのすぐ前に、富士砂防事務所で、砂防のテトラの話をきき、例の通りに新潟の海岸を思い起していたばかりだったからだとおもう。それはそれでいいが、でもなぜテトラはこんなに長く、私の心に住みついているのだろう、という疑いがまた改めておきたのは致し方もない。

あるいは、ものといえるものを積んだことのない故かなあ、とも思う。積んであるのは歳月年齢ばかり、これは自分の意志で積んできたものではない侘びしさ。交換屋さんに古新聞しばりをほめられたまではいいけれど、なまじトラックを見送ったばかりに連想が湧き、なんだか妙にしんみりさせられ、滓《おり》が残った。

毎日毎日、一日一日というのは、どういう按配《あんばい》に仕組まれているのだろうと思う。

この後二ヵ月ほどして、常願寺川氾濫《はんらん》のフィルムをみせて頂く仕合せを得た。名だたる暴れ川が暴れた実写だから、凄じい迫力があって呆然《ぼうぜん》としたり、感嘆したりしていて、見終ってから気がついたら、地名や場所は殆《ほとん》ど消しとんでいた。鮮明なのは事柄だけだった。

その中でいちばん感動したのは、杉だった。直径一米《メートル》という古い大きい杉なのだが、川の岸から少し奥の場所に順調に生育してきたらしい、姿のいい大木である。太りすぎず、痩せすぎず、梢《こずえ》がすっきりしていて、これこそ杉の標本、といった姿をしていた。ところが狂奔する激流は、その護岸へ繰返して嚙みつき、ついにほんの少しが削られると、あとは見る見るうちに搔落《かきおと》され、間もなくどおっと幅広くさらわれてしまった。護岸がなくなると、水勢はいよいよ急になる。あたりにあるものは、みな壊され押流されて、杉はいまやむき出しになり、暫時は堪えて、まっすぐ身を立てた立ち姿のまま、ずずうんと激流を割って沈んでいった。もがきも足搔《あが》きもなく、あくまで縦の姿で沈んでいった。杉という木の美しさの極致といいたかった。

杉は日本に古くからあった木で、そしてまたいちばん人々の役に立ってきた木であり、それ故播いて育て、挿して育て、継いで育てる方法も、ほかの木よりは早くに日本では試みられてきたときく。だがそれだけだったろうか。私等の先祖は、役に立つということだけを気にする人間ではなくて、杉形という言葉を、形を持ち続けてきた人達なのだ。なくしたくない言葉だと思う。うるさい婆《ばあ》さんと嫌われてもいい、私ひとりだけでも、この言葉を播き散らそうという気になった。新潟のテトラの記憶も、なぜなのかわからない。交換屋にほめられての連想も妙なものだ。フィルムに見た杉の最後も、偶然のことだ――おもしろいと思う、あの日この日のつながりを。

灰

去年八月十二日に桜島へ行った。目的は二つあって、灰と土石流が見たかった。桜島はここ数年来噴煙が続いていて、降灰の被害でなやまされているときく。その灰というのが、いったいどんなものなのか、どうも私には呑《の》みこめなかった。実地を知っている確かな人からきいたのでは、コークス殻を細粒にしたようなものらしい。これは普通いう、紙や藁《わら》や木を燃したあとに残るふわふわ軽い灰とは、どうもだいぶちがう。しかし藁や木の灰もいわば燃えかすだし、コークス殻も燃えかすだし、だから灰でいいのだと思う。それに思えば桜島の灰は火山灰であり、火山のお釜《かま》の底へ薪がくべられている筈はないのだから、いずれは鉱物の燃えがらであり灰であり、灰にもいろいろあるものだと、灰の観念を、藁灰消炭灰から鉱物の灰までひろげればいいのだと思う。

だがそう思うと、よけいにひと目その灰を見ておきたかった。そんな折に、まことに心惹《ひ》かれる写真を見た。木も草も人家もなく、やたらとだだっ広く、妙に寂寥感《せきりょうかん》の漂う場所に、男の人がひとり、こうもり傘をさして立っている写真である。これは雨のスナップではなくて、降る灰を傘にてしのぐの光景だという。これではもう、行って、見る、よりほか納得しようがないと思った。

土石流は、まぼろしの土石流といわれているくらい、その実態は人の目にふれることが少ないのだそうな。それは土石流の出る場所や気象や時間などに関係があるのだろうが、その現実の流体を見るということは、ほとんど出来にくいという。それが近年桜島では、山地の浸蝕《しんしょく》がはげしく、それにつれてかなりしばしば土石流が発生して、人の目にも知られているときいた。それならばもしかすれば、出逢うことができるかもしれないし、よしんば出当らないにしても、通った跡なりと見ることができようと思った。八月十二日は月おくれのお盆で、乗物はひどい混雑だったが、ちょうどそのとき幾分ましな体調になっていたので、そのチャンスを外せなかった。それにその七日には、北海道の有珠山《うすざん》が三十何年ぶりかで、突然爆発して噴煙一万二千米、ひどい降灰で災害が生じていた。桜島ゆきの仕度をしようとしているところへ、有珠のニュースだったから、なにか戸惑ったようなへんな気がして、あちらもこちらも同じ灰だろうかなどとぼんやりした。

灰はフェリーをおりたところで、すぐ目に入った。コンクリ道の両側溝に吹きよせに集まっていた。色は灰色でなく、黒かった。いくらか褐色がかっているようにも、鼠《ねずみ》がかったようにも見える黒だった。黒い砂といえばよかろうか。重さも砂に似ているのか、吹溜《ふきだま》りの状態から見ても軽いとはいえない。だが建物の中の階段の隅にも溜っているところをみると、人の歩くくらいな空気の揺れにつれて動く軽さかとも思う。もっとも小さな一粒一粒だから、履物の裏についてくるということもあろう。火山灰というのは、また独特なものだと珍しかった。

この重い灰が毎日降るという。月のうちに何度も降ることもあるという。噴煙のたびに降るのだし、降る場所はその日その時の風向きにしたがう。なんという迷惑千万なことか。自然現象だから断ってきいてくれる相手ではなし、仕様ことなしの我慢がずっと続いていて、このごろでは愚痴をいうのもくたびれてきたという。島名産の大根もみかんも、灰のために採れなくなってしまっているのだ。これは物心両面に、さぞ一通りならぬ苦患だろうと心暗くなる。大根は成育しないし、みかんは灰がつくと、皮がしかんで裂けてしまうから、売物にはならない。きっとみかんの皮をただれさす、有害な成分を含む灰の質なのだろう。だが、傷でもいいからという需用がある。このみかんが長年かちえてきた美味のゆえである。農家ではそんな客の言葉に、つい泣けてしまうそうである。そういう話をきくと、遠慮がでて、灰の畑をみせて下さいとはいいかね、道のほとりのデイゴへ目をやる。この木は鮮緑の葉に、総状花序のまっ赤な蝶形花をつける。目にたつ南国の木である。もちろんここでも花をつけている。だがそれが花も葉も煤《すす》ぼけて、いかにも疲労困憊《こんぱい》、辛うじて耐えている様子なのだ。おそらくその辺にある砂のような灰より、またずっと細かく砕けて塵《ちり》ほこりになった灰に、まとわれていることと思う。こうなると私にもやっと、灰という納得がいき、植物の降灰被害をうかがい知る思いがあった。華麗な花だけに、灰まみれに生気を失ったデイゴは哀れふかく、大根やみかんの悲しみもおのずから推察された。植物には逃げる足がない、防ぐ手がない。されるままに、微塵《みじん》のような灰に塗りこめられ、細々と息づくのが精一杯なのだろう。そこへなお灰は降る。ちょうど時雨《しぐれ》といったような、さらさらいう音をたてて灰が降る。灰が粒だからだ。空の半分は拡散した噴煙でうす濁り、半分は白い雲を浮かせて陽がさし、往来の人は新聞やタオルをかざして小早く行く。灰の粒はいやに固くて、目へ来る。なるほど傘も要ろうというものだ。はじめて聞くせいか、灰の降る音はなんともいえず気の滅入《めい》るものだった。

淋しいといえば、ある老人の述懐は印象のふかいものだった。その前日、私は浸蝕と崩壊のはげしい谷々を見てまわり、土石流の話をいろいろ聞いて、いやというほど自然の力に気圧《けお》され、すくなからず感じやすくなっていたためかもしれない。老人は有珠山爆発のことがしきりに頭にあるらしく、「同じ噴火噴煙の災害だから、その大変さ、その苦しみはよくわかっているし、こんなことをいうのは遠慮もあり、なにか誤解をうけそうな恐れもあるが、正直にいって、自分は有珠の人がうらやましい」といった。有珠は噴火と同時に事柄が全国に報道され、諸方面からの救援は迅速に整えられ、火山学の先生方は知恵を寄せて下さるし、津々浦々からの同情は集まるし——だが、そういう助けを羨《うらやま》しいというのではない。羨しいのは噴火そのものの性質だ。その時はたしかに大事件ではあるけれど、割に早く静まるらしい見通しがいわれている。それがうらやましい。かなりの打撃をうけても一時の被害なら、人はかえって勇気をだす。でも、この島のように何年もだらだらと火山活動が続いたのでは、人は心身ともに落込んでしまう。そこが悲しいし、羨しい、という。老いた口許からぽつりぽつりと語られる、羨しいという一言の切なさに、私はなんの受答えもできないままじっとしていた。来てみなければ想像もつかない、灰の重圧である。

桜島行きから二ヵ月、十月なかばすぎに有珠へ行った。有珠は火山活動が治ったというわけではないが、危険期を過ぎたのだろうか、ひとまず静まっているようだし、町もう一応の後片付がすんで、旅館その他も常態に戻ったと報じられていた。

千歳《ちとせ》空港には町の教育長さんと運転手さんが待っていてくれた。ひと目みただけで、おやと思うほど二人は明るい雰囲気をまとっていた。とても被災地の人とはみえぬ明るさだった。ついそのことを問うと、自分たちばかりではない、町のものみんなが事件以前より、かえって元気になっているという。なんといってもこの一大事を、パニックもなく、一人の怪我人もなく、悪疫《あくえき》も火事も泥棒騒ぎもなく、まずは具合よく切抜けたという自信と安堵感《あんどかん》があるから、めそめそしている者はなくて、みんながなにかしら働こうとする意欲をもっているという。いい気持の話をきくものである。が、自然思い出すのは桜島の老人がいった——一時のことなら、かなり災害をうけても、人はかえって勇気をもちますが、といったあの話である。複雑な思いがあった。

滞在時間が短いので、空港—洞爺《とうや》間のドライヴのうちに、噴火のこと避難のこと、応急対策のことなどをきかせてもらい、有珠へついたら灰と軽石と泥流《でいりゅう》あとと、それから被災山林へ案内してもらう段取にきめた。

ドライヴは教育長さんの心づくしで、いま紅葉のまっ盛りという山道のコースである。今日明日が頂上の紅葉は、風に誘われても枝を飾ってはなれず、陽に映えて鮮かこの上もない。然《しか》し耳にきいているのは、噴煙が流動してきて、夜のように暗く町を覆《おお》い、やがて礫を含むおびただしい灰が降ってくる話である。目と耳と心とがごっちゃになったり、離れたり、手はメモの鉛筆をもち、足にはそんな必要もないのに力がはいり、私としてはまことに充実したドライヴだった。だからなおさら紅葉の美しさが身にしみた。ついでながらいえば、紅葉黄葉ほど美しい別れ、あるいは終りといったらよかろうか、ほかにあるまいと私は思っている。今年のいのちの退《ひ》き際《ぎわ》に、ああも華やかに装《よそお》いを改め、しかもさりげなくふっと、なんのためらいもなく、居場所をはなれてしまう。はなれて散り敷けば、これがまたどこに舞いおりようと、かならずぴたっと姿よく納まって美しい。きたないことをいって申訳ないが、魚のわた樽に舞い込んだいろは紅葉も、肥たごの蓋《ふた》に休んでいた銀杏《いちょう》の黄葉も、私は見て知っている。そういう所でも、紅葉はやさしく納まっていた。こんなにきれいな老いの終りが、ほかにあろうかと、毎年の紅葉をうっとりと見るのである。

*

桜島の灰は黒くて、粒々で、重かったが、有珠の灰は灰白色で、きめがこまかく、軽く、指にこすってみれば当りが柔かく、火鉢の灰に近い形状をしていた。これなら私にもさわりなく灰として納得できるものだった。でもやはり火鉢の灰よりは重い感じだし、重いせいか多少さらさらとしていて、愛想のない様子である。爆発のあと町には、こうした灰と一緒におびただしい大小の軽石が降ったといい、この灰も軽石の粉に砕けたものではないでしょうか、という。鹿児島県のしらす台地は、その昔々の火山灰の堆積であることを思い合せ、また今度のここの噴火で多量の軽石と灰が降って、洞爺湖の水は白濁し、湖岸から沖へかけては敷詰めたように軽石が浮いて、町民の避難にと心あてにしていた船の接岸が不能になったこと、同じように大正はじめの桜島噴火のときも、湾岸に軽石が漂っていて救助船が接岸できなかった、という話をあれこれ思い合せた。

山が一度噴きあげれば、その排出するものの分量は、想像のつかないほど大きい。町や道路がきれいに掃除されているということは、当然どこかへ灰や軽石を片付けたわけである。そこへ案内された。丘の裾《すそ》の細長い空地に堆《うずたか》く積まれた灰まじりの軽石の山である。指先ほどのものから拳大《こぶしだい》のものまで、あるものは握ればもろく崩れ、あるものは堅い。うすい臭気があり、陰気が漂うようにみえた。これが降ってきた時は、どんな音がしたろうと思う。そんな非常一大事の場合、音なんか特別かまってはいられなかったろうし、また聞けども聞かずの状態だったろうと思いやるので、強いて問いたしかめもし得なかったが、音にも色々あるうちの、どういう部類の音だったろう。多分いやな音だったろうと推測するが、自然のすることだから、案外さらさらと、執念ぶかくない音だったかと思う。

執念ぶかいのは、音もなく降るであろう灰のほうである。山林の被害がそれを証拠だてている。山林への降灰は、降った当時のままになっていた。灰まみれの木というか、これはどうにも惨たらしくて、見るのも辛いし、目もはなせない、ひどくショッキングな状態だった。洞爺湖畔の山林は、くっきりと区分がついていた。一方は灰をのがれた山で、これは針広のまじった紅葉であり、一方は灰を蒙《こうむ》った山で、一面灰色にのっぺりとしている。山ではなくて、草地かと見まちがえるほどのっぺりしていた。普通山の遠見は、生えている樹種によって、こんもりとか、ぎざぎざとか、高低がみえるのだが、灰をかぶった山は高低がなくて、のとろに見えた。ものを冠《かぶ》せられるというのは、高低が不鮮明になることであり、高低がないということは、生気がないということに続くのだろうか、とそんなことを思わせられた。

最初の爆発は八月七日の朝、翌八日も何度か噴火噴煙があり、林木はもう相当な灰をかぶっていたと思う。そこへこの夜かなり強い雨がふった。その上に十二時前になって、また噴火があり、その灰は雨とまざって、生コン状の重いものとなり、すでに灰かぶりになっていた木々の葉へ枝へとへばりついた。これが乾くと固くかたまってしまう。そういう灰の性質なのだそうな。広葉樹は、最初の礫を含む降灰によって殆どが即日葉を落してしまい、二日目の生コン状降雨によって、夏八月というのに裸になってしまった。窒息である。また、葉を落すより先に、べとべと灰の重さに枝折れするものもあり、傾斜面に生えていたものなどは、幹から折れたり裂けたり、台風による被害とも様子がちがう林状である。憂愁の気が傷ついた木々の間にまつわっていて、早くそこから出抜けてしまいたいようなこわさがある。生命があるのか、尽きているのか、何の木かわからない大木が、幹の先を空に指し、つけ根から折られた何本もの枝をみな下向きにぶらさげつつ、周囲には仲間の木々が重なりあって倒伏するなか、斜陽の明るさに凝然と立っているのなどをみると、金しばりにあったようにされて、ただ佇《たたず》む。

こわいものは他にもある。季節外れの青葉の茂りも不気味だった。八月に落葉し、すぐ芽をのばして、いまこの秋に青々としている楓《かえで》の類《たぐい》などは、異様だった。もっさりと重なった濃緑の下陰は、陰気がこもって黒くみえる。秋には本来、赤く黄いろく染めて葉自身も明るく、あたりをも明るく引立てる賑《にぎ》やかな木なのだ。いまは赤く明るい筈なのに、それがうっそりと青い。広葉樹の青は夏こそ好ましいが、秋にはうとましい。青楓の枝を嫌だと思って眺めたのは、今迄にただの一度もなく、これがはじめてだった。

だが思いやれば、なんとかわいそうなことだろう。八月、いきなり天から降ってきたものに打たれて、葉をもぎとられた時は気絶する思いだったろう。一週間で芽吹きにこぎつけた時は、必死だったろう。そして今、一見なんのこともなくみえるが、今なお青いこの葉を、今後どうしていこうというのか。多分、もう精根つかい果して、来年の生命への余力は、残っていないのではなかろうかと思う。人はみな青葉の梢をみて、青葉の秋といったり、植物のヴァイタリティなどと感心している様子だが、実は、木はすでに疲弊しつくして危険状態におちているのではなかろうかと思う。木は一面たしかに強いものでもある。が、灰の強さをどうしよう。灰がただ単純に灰としてだけのものなら、まだこぼれ落ちるとか吹散るとか、なんとか逃れる道はある。でも、雨を得れば粘りをもち、乾けばかたまるという二段三段の構えだ。この執拗《しつよう》な強さの前に、木々はいま殆ど敗れたかにみえる状態であり、そしてやがて雪の季節がこようとしている。広葉樹の山は惨憺《さんたん》たるものだった。裂け折れた柳の枝が、もうすっかり枯れたとしか見えぬのに、たった一本の枝先に、弱々とうす緑のおさな葉を立てていて――かなしかった。生きるか死ぬか、必死の秋なのである。

針葉樹もまた悲劇だった。山裾の小面積のからまつ植林は、薙刀《なぎなた》で薙ぎでもしたかというように、一斉に梢頭部《しょうとうぶ》がなくなっていた。実に奇異な感じをうける光景だった。首のないものがずらりと並んで立っている。生コン灰にどっと取り込められて、柔かな梢頭はうもすもなく折られたのだろう。近くの人は、その折れる音をきいて、なんの音だろうと思ったという。そして朝になってみたらこの有様だった。夜の夜中の噴火と強雨のさなかに、ポキポキと首狩りの音がしていたわけになるが、鳥肌立つような舞台である。この木はわき芽が幹として育っていくだろうが、材としての価値にはやはり傷がついたことになる。

山の斜面のからまつ植林は、もっとひどかった。全部が倒伏していた。しかも二ヵ月たった現在も、全体にまだ淡灰色の灰を着せられたままである。頭が灰で地面へ固定されてしまったのである。つまり木の背丈だけの長さで、大きな弓になって倒れている。幹が背骨、枝々は肋骨《ろっこつ》そっくり、恐竜かなにか、大きな古代動物の骨格模型そっくりだ。それが一つや二つではない。幾段にも重なり合って、組合せたように倒れている。灰をかぶっている様子が、どうしても白骨というところである。野ざらしの恐竜墓地――からまつだのに、どうして動物を思わせられるのだろうか。悼《いた》み佇んでいるうちに、なんだかやりきれなく気が荒れてきた。案内の教育長さんにきいた——もっと木のそばへ行ってみたいんですが、この斜面は崩れますか、と。多少はゾロゾロしそうですが、登れないことはないでしょう、という。手をひいてもらって掻きあがった。どこからともなく灰が煙に立ってもうっとあがる。下から仰いで見るより、こうして同等の位置ですぐそばから見れば、頭を地に押さえこまれて、大きな弓なりに湾曲倒伏させられ、無理死にさせられたかわいそうさがまざまざとわかる。かわいそうさのあまりむしゃくしゃして、引っ張り起そうと、枝に手をかけて、えいえいとやった。パラパラと灰の固まりが落ち、けむたく、くさめがでる。起きろよ、起きてごらんよ、とゆさぶるのに、すでに硬直してしまったからまつは、どうしてみようもないむなしさで動かない。教育長さんと目があった。教育長さんも手をかして、引っ張ってくれた。駄目だった。俄《にわ》かに夕風がきて、気温が下った。感情にまかせて、なまじ手をふれたりしたものだから、手に触感が残って、気は晴れなかった。

　年末に町の助役さんから絵ハガキがきた。小学校の生徒さんが描いた有珠山の絵である。子供独特の強い絵で、ことに山頂の部分のガガッとした描き方がいかにも火口をうなずかせる。今度の噴火以前の有珠の姿である。いい絵だった。そしてそのたよりには「よくても悪くても洞爺の変化を確かめていただきたく」来春またきてほしいとあった。そうだと思う。よくても悪くてもである。町の人の上にも、灰まみれの山林の上にも、時計の針はめぐり季節は移りかわる。温くなったら、もう一度あそこへ行って確かめるのが、人間の情というものだと思う。

材のいのち

先年、斑鳩《いかるが》の古塔再建のことに少しかかわっていたので、その塔工事の棟梁《とうりょう》をつとめる西岡さんと、お近付きになることができた。

西岡さんは父楢光《ならみつ》、長男常一《つねかず》、次男楢二郎《ならじろう》と一家三人そろって、ともに堂塔古建築で知られる棟梁たちである。こういう高度の特殊技能をもつ棟梁たちと、堂塔も建築も皆目わからない私とでは、話が釣合うわけはないのだが、西岡さん三人は丁寧で親切に、誠実にものを教えてくれたし、折あるごとに心にしみるいくつものいい話をきかせてくれた。

三人は血のつながる親子兄弟であり、同じ道にはげんできた人たちだが、姿や形もちがうし、ものの思い方や性格もちがい、三者三様の個性を示していた。でも、時によると表情や気持の動きに、微妙によく似た節もみえたし、特に仕事の上での意見が、ぴたりと合致することもあり、そういう時はみごとだった。性格はちがっても、技能の到達点は一つしかない、ということだろうか、と思わされた。

三人が一番先に私に教えてくれたことは、〝木は生きている〟ということだった。むろん三人同坐《どうざ》で教えてくれたのではない。時も所も別々なのだが、三人とも私に最初にきかせてくれたのが〝木は生きている〟ということである。大工さんのいう〝木〟は立木ではない。立木としての生命を終ったあとの〝材〟をさす。私は緑の葉をもつ立木を、生きている木だと思い、材になった木が生きているとは思わなかった。しかし西岡さんたちは、木は立木のうちの命と、材になってからの命と、二度の命をもつものだ、という。棟梁たちは法隆寺の大修覆を手がけており、千二百年も前の古材を手にふれ、腕にかかえ、皮膚で、肌で知っている人である。そういう貴重な経験の上で信念をもって〝木は生きている〟という。法隆寺千二百年の昔の材に、ひと鉋《かんな》あてれば、いきいきとしたきめと光沢のある肌を現し、芳香をたてる。湿気を吸えばふくよかに、乾燥すればしかむ。これは生きている証《あか》しではないか。強風には撓《たわ》み、地震にも歪《ゆが》むが、よく耐えてまた元に戻る。これも生きている証拠じゃないか、という。なるほどと思い、わかったような気もしたし、また、所詮《しょせん》は実地に納得するよりほか、すっきりとわかりつくすことはできまいとも思った。

このことは折あるごとに、何度も繰り返して教えられ、度重ねてきくうちにやがておぼろげながら〝木は生きている〟の一言は西岡さんが、工匠の心構えとして基本に据えている、大切なものではなかろうかと気付いた。

塔の建築が行われているあいだ、私は斑鳩に移って、仮住居をしていた。別にそうする必要があったわけではなく、ただなんとなく成行き上、見ていたかったからである。さいわいなことに工事は順調に進み、細部を残してほぼ出来上り、私の滞在も一年を越し、そろそろ帰京の心積りもしようかとしていた。そんなある日、弟棟梁の楢二郎さんが立寄ってくれた。私のいるところは、ちょうど楢二郎さんの出勤路の途中にあるので、時折たずねてくれる。もの静かな人で、話も静かだが気さくに、これまでこなしてきた仕事のことなどきかせてくれた。その日は来たときから少し調子が重かったが、やがて渋りながら、今日の話は、どうも縁起のいい話じゃないと思うので、しようか、しまいかと考えあぐねているのだが、という。なんの話かときいたところ〝木の死んだののことです。〟

どんな良材、強材であろうと木には木の寿命があり、寿命がつきれば死ぬ。寿命を使いつくして死んだ木の姿は、生きている木にはない、また別の貴さ、安らかさがあって、楢二郎さんはたまらなく心惹かれるという。もし縁起をかまわないのなら、木の死んだのも見ておいてもらいたい。生きている木ばかり見せておいたのでは、片手落ちなわけで、生きても死んでも、木というものは立派だ、と知っておいてもらいたいし、一度それを見ておけば、きっとあなたの何かの役にたつと思う、という。なんという心の深さだろうと、打たれてしまって、ただ有難うというばかりしかできなかった。

翌日、早速見せてもらった。檜《ひのき》と杉と松だった。ひと目みて、これは全く寿命の限りを生きつくして、然し、はっきり檜は檜、杉は杉の面影を残して終っている、と肯《うなず》けた。生きて役立っていた時の張りや力をすっかり消して、その代りに気易《きやす》げに、なんのこだわりもなく鎮《しず》まっているので、自然の寿命が尽きるというのは、こういう安息の雰囲気をかもすものなのだろうかと思った。なにかは知らず、安堵感のようなものもあり、名残惜しさのようなものもあり、けれども、ちっともベトつかない、質のいい感動があった。しかも、なんとなくわかった気のすることがあった。それはかつて西岡三棟梁が、それぞれ一番はじめに私に教えてくれた〝木は生きている〟ということの滞りが解けたのである。理屈には合わないが、生きつくしたものを見たら、生きているということが鮮明になったらしい。

その後まもなく私は東京へ戻った。戻れば戻ったで、留守の間につかえていたあれこれに追われ、そのうち年齢のせいか出億劫《でおっくう》になるやら、足許がおぼつかなくなるやらで、斑鳩へはご無沙汰《ぶさた》をした。

そしてこの二月、朝の新聞に檜二郎さんの訃報《ふほう》が載っているのを見た。心不全で、仕事の現場で倒れ、手当も空《むな》しく、さっと逝《い》ってしまわれたようである。なによりもまず思い合わせるのは、実物を示して木の終りを教えられたことである。死の話だから縁起が悪かろうと遠慮しながらも、生きている木ばかり見せて、死んだ姿を教えないのは、片手落ちだからといい、生きるも死ぬも木は立派だと教え、一度見ておけば、きっとなにかの足しになるというすすめ、等々は忘れられない強い印象で残っている。この教えは、亡《な》くなられたから特に思い出したというのではなくて、檜二郎さんといえばいつもひとりでに浮かんでくる記憶だった。ずいぶんいい話をきかせてもらったと思う。いい話をきかせてもらうことは、いつ迄も減らない福を贈られたと同じである。

檜二郎さんはまた、こんな嘆きを洩《も》らしていたこともある。大工という職業は、小屋でも家でもを造り増やしていくから、一寸見《ちょっとみ》には冥加《みょうが》に叶《かな》う商売のようにきこえるが、実のところは何も彼《か》もを、みんな小さく減らしていく仕事なのだ。木は切り、削り、掘って小さくするし、そのために使う刃物は研いで減らすし、研げば砥石《といし》を磨滅させ、その砥石を使う自分自身も、いつか気付かぬまに命を減らしている。あまり後生のいい職業とはいえますまい、というのである。本気にそう思っているところがあるらしい様子だったので、きいているほうもシュンとしたことを覚えている。

そんなことをいう一方、えらく太っ腹なこともいう。塔の工事では、まだ若くて経験が乏しく、塔材のような大木を扱うのは、これがはじめて、という若者もいた。そういう人にもさほどの分け隔てなく、仕事は割り振られたので、当人としてはうれしくもあり、不安でもあり、しかし仲間の手前、あとへは退けないから、緊張してカチカチになる。それでもとにかく、図面に従って墨をひく。さて切る段になる。ここで、もしや墨のひき違えなどしていはしないか、と迷い心が湧いてくる。はじめから自信といえるほどの胆《きも》の据わりはないのだから、ハタ目にも気の毒なほどハラハラと怖《おそ》れている。若い大工さん仲間には〝刃物をいれたら、ご命日〟という笑い言葉がある。間違って切ったが最後、もう処置なしだというのである。

こんな場面に出逢うと、棟梁さんたちはニコニコしながらドンと肩をたたいてやって〝おじけるな、しくじれば後始末は俺がしてやる〟という。楢二郎さんもそうだった。素早くギロギロッと目だけで量を点検し、大ニコニコで〝しくじりゃ俺が面倒みてやる〟と調子を張った。若い大工は一寸頭をさげて挨拶し、やっと鋸《のこぎり》をおろした。

そのあと私は、檜二郎さんにきかずにはいられなかった——墨、大丈夫だったんでしょ。もし本当に失敗して切っちゃったら、あんな大材をどうする気？　弁償するの、お施主《せしゅ》と話合いにするの？　棟梁は笑った。恐れてふるえているうちは失敗は少ないが、少し達者になってきた時は、ご命日になりかねないという。〝大工は毎日、ご命日の心配しながら仕事をする〟といっているもう年配の人もいるそうで、切るというのは神経にひびくらしい。

檜二郎さんは、未熟な若い人たちのこの恐れを、金額の損失におびえるだけではないと断定する。大材に気《き》負《ま》け、位敗けするのだし、そこへ切るという決定的な作業が加るのだから、並みの感覚をもつ若者なら、恐れを生じるのが当然だ、という。大材には何百年の年数をかけた、それだけの威容というものが具《そな》わっている。だが、ただ若い大工を圧迫しているのではない。圧迫を与えると同時に、彼の胆力気力を育ててやっている。ここが見逃せない大切な点だ、と説く。その証拠に、一度大材を扱った若者は、ぐんと精神安定してくるそうである。木はさりげなく、大工を育てている、と檜二郎さんはいいたがっていた。よくよく木にやさしい人だったと思う。

花とやなぎ

むかし墨田川べりの桜は、東京では名所のうちにかぞえられていた。私はその花の土手をだらだらと下りたところで生れ、はたちまでずっとそこにいた。花の美しさをおぼえたのは、小学生になってからだが、その頃は、たしかに奇麗だった。太い木が立ちならんで、のうのうと枝をひろげ、花は満ち満ちて咲きそろっていた。しかし土地の大人たちは、以前はこんなもんじゃなかった、と歎《なげ》いていた。もう樹勢が衰えて、花の色も冴《さ》えず、しかも年々に枯木もでて、こんな歯抜け並木じゃみっともなくて、名所だなんて自慢はいえなくなった、という。子供の目には充分に満足のいく花であっても、すでに最盛期を過ぎていることが、大人たちにははっきりしていたのだろう。それでもなんでも毎年、子供は花の下で子供なりに見惚《みと》れて、上機嫌だった。

そんな土地柄育ち柄のせいか、いまも季節になると気持がふわついて、テレビの花だよりにきき耳をたて、花の下へ行きたいとあこがれる。といっても実際には、出掛けられないことのほうが多い。それならそれでまた、近所のお寺さんの花、通りがかりのよそ様の花の下に佇めばいい。それで気が納まる。今年も四月に入るとすぐ、あそこ此処《ここ》と心づもりはしたけれど、どうにも出億劫になっていて、結局はやはり通りすがりの花を眺めて、今年の花の縁とした。雨の花だった。

先年、山梨県北巨摩《きたこま》郡の神代《じんだい》桜という、天然記念物に指定されている老木の花を見た。樹種はエドヒガン。行った日はちょうど花盛りの、それも最も見頃な一日に当っていて仕合せした。神代と呼ばれるだけあって、見るからに古さのわかる巨木で、根もとはなんといったらいいか、これが桜の木かと疑うばかりの、奇妙な姿をしていた。岩石のかたまりのような恰好《かっこう》であり、色であり、瘤《こぶ》とも見える膨らみがからみあい、荒々しく、おどろおどろとしている。花は形も上品、色も上品、花のつきかたもひと風情《ふぜい》あってやさしいのに、ひとたび目を根元にうつすと、驚かないわけにはいかない。花は今年咲きいでた若いいのち、根は長い年代を経てきた古いいのち、ちょっとショッキングな対比である。コブコブな岩のかたまりのような根が、ずっと高い梢の先に、可憐《かれん》で上品な花を咲かせている。美しいとも頼もしいともいえるけれども、それだけには浮かれ切れない〝古いもの〟が身に漂わせているこわさを感じないわけにはいかない。よく鯰《なまず》だのうなぎだの、ズバ抜けて巨大な古魚を、年数知れずとか主《ぬし》とか、多少怖れを含んだ呼び方をするが、この木もまさに年数知れずである。

古木の根と根元——土ぎわから立上る何尺かの間——をじっと見ていると、どうも私はこわくなる。樹種は松であれ、桜であれ、楠《くすのき》であれ、古木の根元がコブコブの瘤だらけに盛り上っているのは、よく見るところである。なぜコブコブの岩石様になるのか、なぜ土ぎわから素直な円形、つまり樹木本来の形にならないのか。二百年三百年という木では、根元はきれいである。立地条件の悪いものには、いくらかの変形もあるが、気になるほどのことはない。とにかく長寿の木の、根元のコブコブを見ると私は負けそうになって逃げだす。ましてそうした根元が梢に、ほんのりとした美花を遊ばせていたりすれば、美しさとこわさの挟み撃ちに逢ったも同然、私は金しばりに動けなくなってしまう。神代桜は複雑な威力をもつ桜といえる。印象に深い花だった。この花をみて、若木の花をみると、なんとあっけらかんとしていることか。

桜は、花はいうまでもないし、若葉もまたうつくしい。実は食用にはならないが、これもまた愛らしい形をして赤く熟す。夏の青葉に毛虫がつくのは困るが、秋にはもみじして散る景色がいい。いいことずくめなのに、一つ釣合わないと惜しむのは、きたない樹皮だ。それも芯《しん》から底からむさくるしいのなら仕方もないとあきらめるが、外側をむいてしまえば艶《つや》のある臙脂色《えんじいろ》の肌に、独特の絣《かすり》ふうの模様をおく、みごとな着物をきているのだから、くち惜しい。好んで細工物に使われるほどのいい樹皮で、いかにもあの花を咲かせる木が身にまとっている着物だ、と合点のいく華やかさをもっている。それなのに人目にたつ一番外側が見苦しい。どうにかなりませんかと植物の先生にきいたら、そんな相談は今迄《いままで》一度もきいたことがないと笑われた。さらりとしているのはほんの若木のうちだけ、万朶《ばんだ》の花をひろげる盛りのころになれば、もう木肌に色気はない。私はこれが残念でしかたがない。岩石のような根と、きたない皮とはどこかで繋《つな》がっているナゾがありはしないか、と思うのである。

柳も心にかかる木のうちの一つだ。都会のものが柳として知っているのは、多く枝《し》垂《だ》れ柳、ねこ柳だと思う。しだれはお濠《ほり》のまわりにも、所によっては町の並木にもあるが、ねこ柳などはおもにいけ花の材料として知られ、または名のおかしさから知られるのか、町なかでは見られないのである。私が特に目にしみて柳を見たのは、もう七十になってからのことで、ごろた石だらけの荒廃した川の、洲《す》に密生繁茂した柳の芽吹きに、ひどく感情をゆすられてからだ。芽吹きといっても、まだ枝先がうすす緑にぼおっと霞《かす》んだ程度の時季だったが、激しい瀬音とちょっと冷い風とを物ともせず、その柳の群はたいへんけなげに息づいていた。なにかこう、まわりの状況に気圧されまいと、流れにも風にもはむかって力んでいるような、したたかな感じがあった。もう人の背丈の倍には成長している群だから、その洲に住みついて何年かは経《た》っているにちがいなく、増水すればつかるだろうし、当然根が洗われたことは何度もあるのだろうが、よくも事なくここまでしのいできたものだ。なにしろ先駆植物だから、悪条件下でも生きる力は抜群だ、と教えられた。先駆という言葉が身にしみた。しだれ柳のなよなよした姿は賞美に価《あたい》するものだが、荒地に先がけて息吹《いぶ》くたくましさも、柳の本性なのだった。以来、柳は心にかかる木になっている。

終戦直後のこと、ある俳句の先生から、中国のどことやらに俳句の知人が行っていて、帰るに帰れぬ困難な状況下にあり、そのひとが柳絮《りゅうじょ》の句を送ってきて、涙がこぼれたと話した。その句は〝柳絮舞い、柳絮みだれて〟というのだった。いまはもう古いことなので、肝心の終りの五文字を忘れてしまったが、私には柳絮という言葉だけでたくさんだった。望郷の思いの切なさがひしひしと察しられ、自分もその異国の柳絮の舞い乱れる中にいる思いがして、悲しかったのをおぼえている。その句の主はどんなひとなのか、今もって知らないし、中国の柳絮はどんなふうなものなのかも知らないが、なにも彼も知らないづくしのなかに、この句の柳絮は鮮明に敗戦の感情として、私には残っている。

柳は先駆植物と教われば、おのずから先駆するものへの情感は湧《わ》く。そう教えられた後に、ひとりでに浮かんでくるのは、あの柳絮である。先駆の猛々《たけだけ》しい荒武者に、柳絮の綾《あや》にかけて舞う優しさを思い合わせれば、柳はいよいよ私をそそる。

柳に惹かれていくうちに、柳と縁つづきのポプラの話をきいた。日本はたくさんの樹種に恵まれているので、ポプラを役立てるなどということは誰も思っていなかったが、マッチ産業が盛んになると、この木が重視されはじめた。マッチの軸木として価値が高い。そこで当時ポプラの改良を試み、性質のいい木を作りだし、その植樹に効果をあげていたイタリアから苗木を買付け、早速試験植えをした。ポプラは成長の目ざましい性質をもつ。苗木はすくすくと大きくなる。しかし何分にも新しい試みであり、期待と不安で、その成育の実地の世話を担当したまだうら若いOさんは、それこそ夢中になって明けてもポプラ、暮れてもポプラと心身の労役を惜しまず働いた。ポプラに一念をそそいで、泥だらけの毎日だったらしい。その甲斐《かい》にこたえて、ポプラはよく育ちあがった。その成功で、さて次の段階の、有志者各人所有の山へ苗木を植えると、一年間はよく育ったが、その後は成長が止まり、衰えはじめ、そこへ害虫が発生して追うちをかけられ、ついに散々な結果になった。Oさんの落胆は思いやられる。遠い外来のポプラは、日本の苗圃《びょうほ》のうちの好条件でこそ順調に育ちもしたが、実地にはとても堪えられなかったらしい。のちにいろいろな理由が明らかにされているが、なによりも先《ま》ず適地でなかったことと、異邦の植物に対して充分の介抱がつくせなかったこと、つまり育成のための人手が足りなかったこと、マッチ工業と時代の波が大きな原因といえようか。Oさんのポプラに捧《ささ》げた青春の情熱は、いたましくも挫《ざ》折《せつ》の記録を残すのみとなった。こんなことはどこの世界にもあり勝で、珍しくはないのかもしれないが、相手がものいわぬ木であったことがよけい辛《つら》い。

でもOさんはさっぱりしている。ポプラはかわいそうなことをしましたが、なりふりかまわず一途《いちず》に働いた若い日々には悔いがないし、想《おも》い出しても快感があります、という。私は風にそよぐポプラの葉を思い描いて、爽快《そうかい》なる失敗というのもあるものだと感嘆する。

桜老樹の併せ持つ、コブコブと上品な花とのナゾも、柳の荒地へ居据る猛々しさと、柳絮のてんめんたる情趣のつながりも、いつか納得したいと思うことしきりである。

この春の花

この春は、いい春だった。三度もお花見ができた。三度も見る気で見れば、目の中にも気持の上にも、花がたっぷりと行渡ったという、満足した思いがあった。

その最初は孫がきて、今からちょっと都内のお花見に行こうと誘う。すぐそのままで出かけた。快晴で、十時少し過ぎ。近いところからというので先ず千鳥ヶ淵《ふち》へ行く。花いく日のいのちのうち、この日が一番見ごたえのある花ではなかろうかと思われた。色はみずみずしいし、花形はしっかり整っているし、真盛りの絶頂へはまだもうひと呼吸という、いわば登りの勢を含んでいる、鮮やかな花だった。それにここのよさは、濠の水をはさんで両側に花のあることだった。こちら側は並木になっているが、あちら側の皇居の土手には、あちこちに寄りあったり離れたり、高みにも水辺近くにもと、変化をつけて花は配されている。頭上と対岸と両方に花があって、見る楽しさに奥行がでる。いい風景だった。それにしても人が出ていた。うっかりしていれば肩に触れてしまうほどな混雑なので、名残を惜しみつつもあっさり引上げた。

それから市ヶ谷四谷とまわって、運転手さんがしきりにすすめるので墨田河畔へ行った。そこは私が生れてはたちまでいた故郷であり、墨堤の花は忘れようもなく目にしみているが、それは震災戦災を経て絶滅し、戦後の世の中の速い移り替りに従って、花も堤防も川も今はすっかり変っている。何年か前にそっとひとりで来てみた時には、成育のよくない若木に、数えるほどもない花がついていて、その哀《かな》しさに以後もう昔の花を思うことはやめにしてきた。もちろん運転手さんは行きずりの客の心中を知ってすすめているのではないし、こちらはまた、今このすすめを断れば、今後わざわざここの花を訪ねることはあるまいと思って従った。

花は私の想像していたものよりはましだったが、折柄ひる近くの明るい太陽をはじいて、あっけらかんと咲いていた。はじめてこういう表情の花に逢《あ》って、印象ふかかった。暫《しば》らく花を見、堤防を見、川を眺めていて、はっと気がついた。私の知っている舟が一艘《そう》もいなかった。人の漕《こ》ぐ舟、棹《さお》さす舟がない。小さくて、軽々としていて、すっきりした形の木造の舟が、見渡すかぎりにはいなかった。あんなにいた舟がいつ絶えたのか。もっと川の下の舟宿には、きっとまだ残っているだろうが、いったいにはもう失《な》くなったのだろうか。あっけらかんとした花の接穂《つぎほ》なさもさることながら、舟影のない寂しさを紛らわしかねて、怱々《そうそう》に帰途についた。はなれて五十七年になる故郷だった。

その翌日も上天気だった。Yさんから電話があって、植物園の桜がいま花盛りだから、見にきませんかという。桜のことを教えてくれるのである。Yさんは折あるごとに私に植物のことを教えてくれる有難い人なのだ。私は学問的な話をきかされても、それをこなすだけの能力がないから、教えるほうはじれったいだろうが、そこは植物という根気のいる道を志す人だから、Yさんは固い話も私の理解程度に砕いて、忍耐づよく何度でも話してくれる。

桜の話をきかせてもらうのは今度がはじめてのこと、早速ノートをもって出掛けた。なにしろ実物の前にたってきくのだから、こちらは忙しい。歩く、聞く、花を見る枝をみる幹をみる根元をみ、あの木とこの木の違いを見分ける、その間にメモをとる。眼鏡は二ついる、梢《こずえ》を見るのと、手許《てもと》用のと、絶えず必要に応じて替えなければすべてぼんやりしてしまう。手がまわりきれなくなるが、目茶苦茶でもなんでも、とにかく離れずについて行く。ひと通り話に区切りがつき、堪能《たんのう》するほど花の梢もながめたのち、さて締括《しめくく》りにいわれたひとことは強烈だった。今日話したこと、みんな忘れてもいい、必要な時はまた話します。ただ、これからみせる一本の木は、忘れないように。

二時間もかけて教えたことをふいにしても、その引替えにこの一本を、という木はフサザクラだった。サクラという名がついているが、これは桜ではないから、その点を忘れず、間違いなく、しっかり覚えておくように、という注意である。樹姿は特別どうということもないが、花に特徴がある。裸花で花被はなく、しべだろうか、暗紅色のほそい糸状のものがたくさん寄集って、束になっている。フサザクラという名はこの花から付けられたらしいが、房はわかる、でも花の色といい花の形といい、サクラとは受取りかねる。なにはともあれ、これ一本は、と釘《くぎ》をさされていれば、霞のかかった脳もさすがにこの数分は晴れて、桜ではないフサザクラと称《とな》えておぼえ、こんな紛らわしい名をもらってしまって、この木はどんな気持をしているかなあと、つい要らざるよけいごとも思う。

その晩、昼間のメモを補っておこうとしたところ、ありゃ？　とあきれた。はじめのうちはまだいいのだが、おおかたは文字も意味もヨレヨレで、記憶にあることを引合せてみても、脈絡はつけにくい始末だった。遠用近用二つの眼鏡操作の煩《わずら》わしさ、足許のおぼつかなさ、耳もあやしくなっている、メモ能力の低下と考えてくると、結着するところは老化迅速の一事になるが、まてよ、諦《あきら》めるのはまだ早い、フサザクラがあるじゃないか、一つだけ覚えるのなら、メモなしでも忘れはしない。子供の時から一つ覚えというのは、天から授った私の持前だ、と機嫌をなおした。やはりフサザクラというのはなんとなくご縁がありそうな気がする——と思ってきて、合点がいった。Yさんはもしかしたら、私との相性を考えてフサザクラを教材にしたのか、と。

何年か思って果せなかったことが、急にすらすらと済む時がある。三春の滝ざくらがそれで、この春念願叶って行ってきた。この老桜は毎年花の季節には、しばしば各誌のグラビアページに載せられており、よく知られているベニシダレの大樹である。滝の名は高くひくく枝垂れさがる枝へ、むらがって花のつくようすを、ちょうど岩壁にかかる幾条《すじ》もの滝に見立てたのだという。また、地名の滝村に因《ちな》んでともいう。土地の人はおだやかに笑って、めいめい好きなように思っていれば、どっちでもいいという。おおらかないい返辞で、こちらまで心がゆるむ。なんとて花のことなのだから、詮議だてはいらないはずだ。だが滝の見立は、ひと目で頷《うなず》ける。華厳《けごん》や那智《なち》のはげしい滝ではなく、繊細な白糸の滝というように見る。花形は小ぶりで端正、色はやや濃い。だから艶麗《えんれい》である。何百年の巨木だから根元はもちろん太く、その樹皮は溶岩を連想させて、ゴチゴチと荒れている。どうもこのおどろおどろした根元では、あの美しい花と釣合がわるくて残念だ。が、その幹を囲って花の滝は、やはり艶麗で上品だった。

この木の保護保存を長年てがけてきた方が話して下さる――この木はひとりで、肥《ふと》ったり瘦《や》せたりしてますが、うまくバランスをとっているのかもしれませんね、と。木が肥るというほうは素直に呑込《のみこ》めるが、瘦せるというのはわからない。こんな老木になると自然枯れ落ちる枝もあり、樹皮の朽ちて剝《は》げる部分もでてくる。そういう時、木は細身になって瘦せてみえる。心配しているといつか知らぬうちに、その損欠したところが回復して、瘦せが消えているので安堵する。また時によると根元近い幹の、あのガチガチの岩みたいなところに、すうっと新枝が芽をふいて、瑞々《みずみず》しく成長する。胴や腹にあたる辺りにも、厚ぼったい樹皮をつきぬいて、新しい枝がでる。そんなとき本体の木はたしかに肥ってみえる。長い目でその肥瘦《ひそう》をみてきて思い当るのは、長寿はうまいバランスの上にあるような気がするという。長くみつめ続け、介抱しつづけてきた人でなければ、出来ない観察であり、木はひとりで肥ったり瘦せたりして生き続ける、という言葉はおもしろい。私も根元近くの荒肌から一本の若枝がしなやかに伸び、その枝の肌はなめらかで、浅みどりの葉をつけていたのを見ているのである。

その人はまた、あの桜はふしぎな生きかたをしていると思います、という。木一代のみんなが一緒に集って生きている、というように思われるのだそうな。人間の世界には考えられないことだが、曾《そう》、曾、曾祖のまた上の、ずっと上の、曾々祖父から現在の親、子、孫、曾孫、玄孫まで、みんな一本の中に入り交って生きているように思えると、笑い笑いいう。あの木をよくよく見れば、えらく老いたところから順々に、今年の若枝までのいろんな年代がみえて、みんなで一緒に生きているなあと、ついそんなふうに思い、なおこの上の長寿を念じるという。曾祖父から玄孫まで七代、せめぎあうことなく仲よく暮して、年毎《としごと》のいのちのしるしに、形正しく色こまやかな花を人に贈っている、とでもいえばいいのだろうか。きっとこの人はあの熔岩《ようがん》みたいなゴツゴツの木肌の中に、老いて骨立った姿ではあるが、顔は柔和な表情をうかべて、だまって孫、曾孫、玄孫を見守っている曾祖父の面影などを見たにちがいない。樹木とつきあえる人はそれぞれにやさしさをもっている。

松楠杉

老樹を見てあるく、という放送番組があるが、参加してみないかとさそわれた。木を見に行くといわれては、これはもうたちまち大喜びになってしまう。一も二もなく承知した。いったいどんな木に逢えるのだろう、と逢うことの喜びばかりへ心が先走って、放送という仕事の億劫さを忘れていた。このごろこういうことが多い。話のなかの自分に都合いい部分だけを合点して、そそっかしく答えてしまう。としをとると瘦せて身が軽くなるが、心の錘《おもり》も瘦せるらしくて、やたらふわふわと浮くのには我ながら困っている。老いにはいろいろさまざまな形があるようだが、錘が瘦せるという形もあるものだと思う。

見て歩いた木は三本、東京江戸川のお寺の松、四日市の田圃《たんぼ》の中の楠、福島の道路添いの畑地の杉である。三本とも大きく、そして自分ひとりの一本立で立っている木だった。

このうち人の介抱が施されているのが、江戸川の松で、その介抱保護もなみなみならず手を尽した、大掛りな作業をしているときいた。先ず、土と水なのだ。土そのものの活性を高めるために、古い土は掘りとって、新しいものに入れかえる。排水の管を配置して埋め、給水の設備をする。これらはさぞ面倒な作業だろうと思うが、樹木のいのちはもともと土と水と光なのだから、いわば根本的な養護を、手間ひま惜しまずかけているといえる。人が根元をふみ荒さないように柵《さく》をたて、道を導き、張り伸びた枝々には支柱をそえて助ける。むろん施肥《せひ》や季節の手入れ、虫害の防除などはいうまでもなかろう。こうした手入れはお寺さんだけの努力で賄《まかな》われているのか、公《おおやけ》の配慮によるものか聞きのがしたが、いずれにせよ、松は申分のない手厚い介護を受けて、どっしりとした平安重厚な老後の姿をみせていた。

帰りぎわ、山門から振返って、もう一度名残りを惜しめば、ふと思ったのは――ああこれは町なかの松だ――ということ。その昔々この松がまだ小松であった頃は、ここ江戸川べりも町ではなかったかもしれないが、幾年を経て今に到《いた》ってみれば、これは浜の松でもなし、野の松里の松でもなく、まったく長く町なかに住居してきた老松なのだと思う。そんな印象が濃かった。どこともなく、ものやわらかな趣きがみえるのである。時折思うのだが、町場に生きる木々は、野のもの山谷のものに比べると、どことなく柔かい雰囲気をもっているような気がする。何万度、何十万度と人の目になでられているうちに、ひとりでに木は人との接点を心得てくるのではなかろうか、などと少なからずイカレたことを思ったりする。山のものにもずいぶん優しい姿をしているのもあるけれど、やはり固い感じがある。

江戸川の松をかしずかれている木とするなら、鈴鹿《すずか》の楠はこれまでの生活のうちの前半には保護をうけ、その後は田圃の中の一本立で、自然のままに堪えながらえてきた、半々の経歴といえるかもしれない。この木は最初は式内神社の境内木だったというから、そのころはとにかく神社の人や氏子《うじこ》さんたちが気をつけていてくれたものと考えられる。しかしその後この神社は名だけになって、今は建物はない。残っているのはこの楠一本だけだそうな。まさか境内にはこの木一本だけというわけではなかったろうから、ほかの木々は多分、寿命だったり損傷したりで消え、また庭木として価値あるものなどは、移し植えられて姿を消すということもあり得る。本体のついえるときは、その囲いの中の草木踏石まで、それぞれの運命を変えて離散する。その中でこの楠だけが残って生きた。きっと天性強い木でもあったろうし、境内から田中の吹きさらしという環境変化にも、うまいこと適応できたにちがいない。なにはともあれ、雨風をしのいで何百年生きながらえてきたとは、めでたいことだと見上げる。松とちがって、たっぱ高く伸びているし、太い幹に枝が数多くついているせいか、葉が少し小ぶりのようにみえる。老木だからかもしれない。てっぺんに近く多少の枯枝もあるが、そんなのは切ってやらなくても、嵐《あらし》が来れば自然に落してくれるし、あと新しい枝もでるから心配はいらない。この木の葉は光るから風にキラキラする。風が渡るとさざめくような風情がでる。楠は表情が多い。

海は近い。この木は田中に立っているが、東のほうへ田圃が詰るところに近鉄線の走るのがみえ、その線路を越せばやがてすぐ海だという。だから昔はこのあたりを行く船は、この楠を目標にしたそうだ。海の人の役に立ってきた木なのだ。平たい海岸に続く平たい田圃に、この木は高くはっきりする。気持のいい木なのだ、と思う。そう思って、いささかひっかかる。楠ということと、一本立ということが、ちょっと咽《の》喉《ど》をむずかゆくするのだ。

あるとき植物のことをなにくれとなく教えて下さる先生と話をしていて、野中の一本立の大木はすてきだといったら、すてきと思うのは勝手だが、なぜ一本なのか、そこを少し考えてみなくてはネ、とたしなめられた。第一にその木は何の木かときかれ、遠見でわからないと答えると笑われた。じゃあまあ仕方がないとして、その木の枝はどんなふうかという。幹は太く短くて、傘をひろげたようにみごとに枝葉が茂っていてといえば、そういうのは風景としてすてきなのかもしれないが、材としてはダメな木だという。そんな低いところから枝が沢山でていては、ふしだらけで使いものにはならないといわれた。まずはじめに樹種をたしかめ、木の形態を見、有用か無用かを考え、さらにその附近を見歩いて、同種の木の切株があるかないかに気をつければ、なぜ野っ原に一本だけ残ったか、だんだん見当がついてくるでしょ。良木良材をわざわざ一本だけ残す筈《はず》がないじゃないか、伐《き》る手間さえ惜しむほどに人の生活は苦しいのだから、野山に一本残った木の評価はおのずから明らかといえる。人間の側からいえばそれは役立たずの無価値の木であり、木の側からいうなら、不運と苦難の末にやっと得た老後の平安というわけ、どうか一本残った木をすてきとだけで片付けないで、もっとよくみてやってもらいたい、ということだった。身にしみる一本立の老木の話だった。

それにもう一つは楠ということ、これは今はもう亡い、ある宮大工さんの話なのだが、楠は大工にとっては気の許せない、うっとうしい木だといい、決していい建築物の近くに植えるべきではないと思う、という。この木は葉数が多いし、広葉だから落葉の量は相当になる。しかも大きく拡《ひろ》がり高く伸びる木だから、落葉はかけかまいなく屋根へおちる。これが困ったことに瓦《かわら》のあわいにまで舞いこむ。まして檜皮《ひわだ》はたまらない。ぺったりと貼《は》りついてしまって、容易に剝がれようとはしない。つまり楠の落葉は屋根へ水を含ませる役をする。その上なかなか腐らないから、いよいよ困る。どんないい建築でも屋根がいたんでは一大事になる。毎年の落葉時には、忙しい手をさいて、楠の下の屋根は掃除がいる。なんと厄介で迷惑な木か、と嫌っていた。

こんな下地があって、また見上げる楠の梢は、折柄の晩夏の夕陽に輝きたって、かすかな夕風にもはらはらとひるがえっている。木全体が上機嫌で明るく、華やかにさえみえる。どこにも哀しみや愁《うれ》いの跡はない。でも、やはりこの木も一本残った木であることは確かなのだし、いい目ばかりを見てきての長寿ではあるまいと思いやる。称讃《しょうさん》と祝福を別れの挨拶にして、帰途についた。

杉は福島県岩代《いわしろ》というところ、杉沢の大杉と呼ばれている、高々とすっきりと立上った大樹である。途中から二本に別れている幹だが、両方ともまっすぐに添い立っているから、これもやはり一本立の杉なわけだ。樹勢さかんで若々しい。でも根ぎわから立上った幹を見ると、ひと通りでない年数だとわかる。そこへ着くと殆《ほとん》ど同時に、雷を伴った夕立がきた。近所のお宅へ雨やどりさせて頂いた。白く煙って雨が降った。どういうのだろう、その勢で降る雨の中で、杉は枝も葉もちっとも揺らがず動かさず、悠久泰然といった様子で静まっていた。たいしたものだった。貫禄《かんろく》とはこのことか。

やがて雨は止《や》んで、陽がさした。私は気がせいてすぐ杉のもとへ行った。しかし、杉の下へは行かれなかった。杉の下には、まだ雨が降っていたからである。どこもかしこも雨は止んで陽がさしているのに、杉の下は針葉を伝ってたえまなく落ちる大粒の雫《しずく》で、傘なしではいられない降りだった。大樹がどれだけ雨を保留するか、改めて感嘆した。そこで枝張りの外に出て眺めれば、そのまた美しいこと、きれいなこと、ただはああとうなるばかり。杉は全身の翠《みどり》に水滴を飾り、夕陽は水滴を飾ってダイヤモンドにしていた。こんな華麗な杉を見ようとは、まったく思いがけないことだった。杉の老大樹が、ダイヤの装身具をつけて見せてくれようとは、どこをどう押したって私の虚弱な脳味噌《のうみそ》には、とてもとても発想できるものではない。わざわざ逢いにくれば杉もてなしてくれるし、夕立もおてんとう様もおみやげを下さったのかと思う。だから私はまたまた大喜びになって、たちまち心の錘の瘦せを忘れ、ふわふわと浮いて、このあとの放送録音は、なんとも恥かしい次第になったのである。

ポプラ

運不運はどこにもある。木もそれを免れるわけにはいかない。不運を背負う木もでてきてしまう。不運の形はさまざまだ。あらし、雪、山崩れ、津浪《つなみ》、噴火の降灰、野火、虫害など、これらは多数の樹木が同時に同じ不運を負う。一本だけに負わされた不幸というのもある。長野県で見たのだが、突きでた崖《がけ》の上の檜。根元から膝丈《ひざたけ》くらい上った幹に長方形の窓をあけ、その穴へ番線を縒《よ》り合せたロープをからめて、谷底へと張っていた。附近の様子から察すると、何かの工事用の設置らしく、そんな頑丈な綱を張るからには、いずれは荷重のかかるものを谷へおろすのかと思う。あまりに残酷な仕方である。刳《く》り抜かれた肌には後から後からの涙のように、樹脂が玉になって並んでいた。多少の運不運は仕方ないとしても、木のようにおとなしく静かに暮しているものが、なぜこんなかわいそうな目に、と愚痴ってなげくことがある。

ポプラも不運な木だったと思う。ポプラの話をきいてから、もう何年になるだろう。

十年近く過ぎていると思う。そのあいだにはポプラを扱った方から話をきく折も何度かあり、また毎年柳絮《りゅうじょ》の舞う季節になると、かならず思い返していたのだが、思うたびになんとなく気分がくもって遂《つい》それなりにした。きっとこの木の不仕合せがそんな影を落すのだと思っていた。然《しか》しその影ある故《ゆえ》にか、付かず離れず忘れず、出先の途上などにふと、恙《つつが》なく健康に生きている姿を見かけたりすると、はっとして嬉《うれ》しく目のかぎり見つめる。特別にはこの木を好くわけではないのだから、これはやはり縁だろうか。もともとは猫柳のことを教わるつもりで、樹木園のYさんをたずねたのであり、ポプラは思ってもいなかった。それが成育の早さという話にさしかかったら、Yさんの話は猫柳からポプラへ移ってしまった。話が枝わかれしたというか、自分の家の話から親類筋の話に移ったというか、私としては気軽く聞いていた。

東大にI先生という（当時四十歳代の）教授がおられ、昭和二十八年か、ヨーロッパ旅行にでかけられた。二十八年頃といえば日本は敗戦後の木材不足で困っている最中《さなか》であり、国も企業も学者も、およそ植物や木材にかかわりある者は、誰もその増産対策に苦慮していた時勢である。ヨーロッパ旅行の先生の胸中には、おのずからこの点への関心があったことは確かだろう。そしてそこに出逢ったのが、イタリヤのポー河畔のポプラ並木だった。感動というか魅了されたというか、砕いていえば惚《ほ》れたというような出逢いだったらしい、ときく。ポー河畔のみならずイタリヤのポプラは実にみごとに成育しており、先生はどんな思いで山川疲弊の祖国を思い合わされたことだろう。これが昭和期のポプラ植栽機運の発端である。ポプラはこれ以前にすでに渡ってきているが、優良樹種の多い日本ではさほど珍重されず、わずかに立木の姿の異国風なのが、ハイカラ好みの若い人に支持されているくらいなものだった。

先生は何本かの苗を持ち帰られ、そのうちの二本が藤原銀次郎邸の菜園内に植えられ、うまく活着して、一年に四米《メートル》も伸びて人をおどろかせた。藤原氏は早速その成長ぶりを関連の向きへ披露し、一方、大学のI先生へは苗木増産をすすめ、先生は小石川植物園内にある大学附属樹木研究所へ、実地作業を命じられ、とたんに所員の仕事は起きるから寝るまでポプラ、ポプラ。なにしろ木は生きものだし、苗は幼いのだから目も手もかけてやらねばならず、季節によってはびっくりするほど伸びるし、世話をする人間のほうが追いまくられてしまう。しかも、ただ苗を作ればそれでいいというものではない。成育も観察も記録にしなければ、せっかくの苦役も努力もただ当人だけの不確実な記憶にしかすぎず、後あとに有益とはいいがたい。それ故少しでも精密な記録にと思って、成長の最盛期には日に何度もスケールをあてて伸びを計るような手間もかける。現場の人間はみんなそんなものです、という。ポプラ植栽熱はどんどんあがっていった。

ところがこれが成功しなかった。私にはむずかしいことはわからないが、日本古来の植林観念や作業法が、イタリヤの栽培や育成法と全くちがっていたことらしい。それに外来種は土着種より弱いということ、立地条件、風土、材としての用途、価値、そしてひどい虫害、その上に急速な時勢、産業の推移という不運である。マッチ産業は当時は相当に好調だったようで、ポプラは軸木として適材なのである。しかし時代の動きは早く、家庭内にマッチは不要になった。台所も風呂場《ふろば》も暖房も、火はガス電気でスイッチひとつの点火であり、追討ちのように煙草《たばこ》にも百円ライターが出廻った。燃えることもなく終ったポプラの不運をどうしたらよかろう。思うたびになんとなく私は、心にかげりがかかるのを仕方がないとあきらめていた。

おととしの二月Yさんがいきなり、樹木園のポプラをみんな伐りました、といった。突然だったので驚いた。樹木園のポプラはその当時園内あちこちに植えて育てたもので、六、七十本あるという。成長の早い木は、寿命の長くないものが多く、ポプラはおよそ三十年ほどで樹勢が衰えるそうである。衰えれば害虫への抵抗も弱くなるし、ちょっとした傷から腐れもまわり易いし、風にも負けてしまう。そうならない前の今は、まだ若干の余力を残しているから、元気なうちに身のおさまりをつけてやるのがよかろうと思いやっての決断だそうである。なるほどと思う。山の木は倒れてもそのままでいい。自然が上手に浄化していくし、木の仲間たちはどれ一本も、邪魔くさい、などと悪たれをいうものはない。でも町の中に人が植えた木は、自然に任すというわけにはいかない。片付けるのが隣近所へのエチケットというものだし、Yさんの配慮はいい納めかたである。

伐採は以前からの知人で、いま長野県で燐寸《マッチ》軸木工場を経営している人に頼み、その人はトラック二台に男女七人と、仕事道具一式、寝具、食器、食料、日用品を乗せてはるばる上京してきた。七人はみな工場の仲間で、気心も仕事ぶりも承知同士、何分にも太くて丈の高い木を倒す荒作業を、東京の町場でやってのけようというのだから、最も信頼度の高い人員を組合せてきたのである。仕事は面倒が多くてやりにくく、予定の日数の倍がたを費して、安全に、きれいに仕上げた。今はもう立木ではなくて、材という名でよばれるポプラは、帰路のトラックにきっちりと積上げられて、三十年住んだ東京と、なじみ深いYさんとをはなれていった。正直にいって、ほっともしたし、暫時《ざんじ》は感傷的な気分にもなりました、とYさんはけそっという。その冬はどういう都合か、材はそれで片付いたが、払い落した枝葉が残っている。

失対で働く人たちの溜《たま》り場に、暖房用の燃料が不足していたので、Yさんは枝をそこへ寄付した。失対の人たちはリヤカーで持帰ったが、あたりに散った枯葉を丁寧に掃きよせ、その葉も一緒に積んでかえった。Yさんはそれがあたかもポプラを大切にしてくれているように思えて、うれしかったという。枝はかなりの量があったので、いく日もかけて運んだ。

以上のことは一件すっかり落着のあとできいた。なごり惜しさがあった。Yさんにきいてみた、材はもうみんな軸木に刻まれてしまったのか、それとも材のまま残っているものもあるのか、もしまだ材のままのがあるのなら、見学に行くから軸木として製材してみせてもらえないか、と。さいわいに申出は受入れられて出かけた。伐ってから一ヵ月ほどがたっていた。そこは千曲川《ちくまがわ》にそった土地で、構内の土場にはいくつかの山に積んで、材が置かれており、中に東大材としるした紙がはさんであるのがあった。

土場から軒下にはこばれた材は、定めの寸法（軸丈七本分プラスゆとり）に胴切りにする。それをコンベアにのせて工場入口へ。入口で表皮を剝ぎ、剝いだ皮はダクトで場外へ。軸木の厚さにかつらむき、材は一枚の長い薄板状になって受台上へ送りだされる。ここで女の工員さんが破れや傷の部分を取りのぞき、くるくるとゆるく巻いて、となりの受台へおくる。次は裁断――機械の入口に噛《か》みこませた薄板は、出口に到るまでのうちに縦、横、厚さとも規定通りの寸法に仕上がって、軸木として出てくる。乾燥器にかける――乾燥炉は表皮とか裁断屑《くず》、廃材などを燃して熱源とする。乾燥されたものはダクトで二階に導かれ、更に風を通して仕上げする。最終作業は、軸木二十五万本宛《ずつ》一袋に詰めて、発送部にまわす。

わかりよい工程である。都合のいい大きさの胴切りにして、汚れた上皮をはぎすて、かつら剝《む》きにして薄板にし、繊切りにし、乾かし、風通しし、袋に詰める――単純明快な作業を見ていて、ふと思った。これは、形を変える、ということなのだな、と。山の自然のもとでは、木は時間をかけていつとも知れず姿を変えていくが、人の介護の中にいたこの木は、人の知恵で何分何時間かのうちに形をかえる。迅速で平明でからりと軽い作業をうけて、よかったなあと思う。ポプラに見届けたものは、不運のかげりではなく、乾いた明るさだった。そう思う目の先に裁断機があった。軸木は裁断されると、ガラス張りの出口へと、あとから後からと押上げられ、混雑しながら通っていく。いかにも陽気で屈託なげな様子にみえた。なにかに似ているという気がした。機械はガシャガシャと一定のリズムで揺れ動き、送り出される軸木もともにリズムに乗って揺れるのが、いかにも軽快だ。そうか、阿波《あわ》踊りの楽しさに似ているのだ、と思い当てた。まさにその通り、軸木は正四角、同寸、白い肌で、起きたりかがんだり踊りつつ、ざっくざっくざっくときげんよく行進を続けていた。えらいやっちゃ、えらいやっちゃと囃《はや》したかった。ポプラは名残りを惜しみにきた私へ、なんと愉快な踊りを贈ってくれたことか。

ことしは気候不順で、木も草も時期がおくれているが、柳絮はどうしたろう。どこからも情報は伝ってこない。気付かない間に済んでしまったのか、まだなのか。ただ私に浮かんでくるのは、ポプラはしなよく、ふりよく踊るものだ、ということである。

解説

佐《さ》伯《えき》一《かず》麦《み》

一九九〇年十月三十一日に作者が八十六歳で亡《な》くなった後、一九九二年に遺著として出された本書を単行本で読み終わったときに、私は、いい文章を読んだ、というよろこびに深々と浸った。

いい文章とはどんなものか。例えば、サマセット・モームが『要約すると』で、こんなふうに語っている。

「いい文章というものは、育ちのいい人の座談に似ているべきだと言われている。

（略）

礼儀を尊重し、自分の容姿に注意をはらい（そして、いい文章というものは、適当で、しかも控えめに着こなした人の衣服にも似ているべきだとも、言われているではないか）、生真面目《きまじめ》すぎもせず、つねに適度であり、『熱狂』を非難の眼《め》で見なければならない。これが散文にはきわめてふさわしい土壌《どじょう》なのである」（中村能三訳）

英国人のモームの言っていることが、幸田文の鍛えられた日本語の文章の魅力をいちいち言いあてていることに、私は驚く。モームが列挙している「土壌」の条件を裏返してみると、戦後五十年間の日本の社会が浮かび上がるようだ。曰《いわ》く、礼儀を軽視し、派手な流行をこれ見よがしに身にまとい、軽薄かもしくは生真面目すぎ、つねに偏《かたよ》りがちであり、「熱狂」に染まりやすい。そして、その中で膨大に書き流される文章は、「育ちのいい人の座談」どころか、育ちも趣味もかんばしくない人の仮装行列のよう……。没後になって、立て続けに出された幸田文の本が、多くの読者に受け入れられた要因は、そんな風潮に飽き足らない思いを抱いていた私たちの心をつかまえるものがあったからだと思われる。だが、それが、単なる失われた日本の情緒を追い求める心のうごきからだけ出たものではないことは、先のモームの言葉が当てはまることから瞭《あき》らかだ。端的に、私たちは、「いい文章」に飢えていたのである。

本書には木にまつわる十五のエッセイが収められているが、はじめの「えぞ松の更新」が発表されたのが一九七一年一月、最後の「ポプラ」は一九八四年六月だから、十三年六ヵ月の長きにわたって飛び飛びに書きつがれたことになる。それは幸田文にとって、憑《つ》かれたように日本中を見て歩き出会った木をどうやって自分の心に納めるか、という粘り強い努力の日々であったと想《おも》われる。単行本が生前にまとまらず、遺著として出されたのも、まだ咀嚼《そしゃく》しきれないものが作者のうちにはあったのだろうか、とも推察される。

何しろ、木と触れ合うのにも、「一年めぐらないと確かではない」「せめて四季四回は見ておかないと、話にならない」というのが作者の態度である。その態度は、「若い頃にしみこんだ、料理も衣服も住居も、最低一年をめぐって経験しないことには、話にならないのだ」という家事業の経験から出ていると作者自身は考える。

そういう要心深い人によって遺《のこ》された文章だから、まとまりを欠いているという印象はもちろんない。完璧《かんぺき》、といってもいい。おそらく、人の生を木に仮託した作者にとって、生きているかぎり木に対する認識は更新されなければならず、それを心に納めることができるのは、自己の生命の完了の時であるという思いがあったのだろう。

つまり、自分の生命の完了を以《もっ》て、新たなものを差し出す。さしずめ、刈られた木が、材となるように。本書はそのようにして生まれた本なのである。

モームのいう「いい文章」の定義を手がかりに、本書における幸田文の文章の魅力をもう少し詳しく述べてみる。

まず、「育ちのいい人」であることについて。周知のように、作者は幸田露伴の二女として生まれた。だが、それは、育ちがいいということにすぐは結びつかないはずである。育ちは、「藤」という一篇に、克明に描かれている。

草木に心をよせるようになった元として、作者は、幼い日の三つの事柄《ことがら》を思い出す。一つは、住んでいた土地に、いくらか草木があったという環境。二つ目は親がそう仕向けてくれたこと。父露伴はきょうだいめいめいに木を与えて関心をもたせるようにしたという。（私事で恐縮だが、それを読んで私は、娘が生まれると生長の早い桐《きり》の木を植えて、それを自分の木だと教えて丹精させ、嫁ぐときに木を伐《き》って小さな箪笥《たんす》や下駄《げた》として持たせてやる、という東北の田舎の風習をおふくろに聞かされたことを思い出した）

そして三つ目に、嫉妬《しっと》心を挙げる。父に木の葉の名前のあてっこをさせられて、姉は得意で枯葉でも当てられるのに、自分はどうやってもかなわなかった。その姉への嫉妬が、草木へ縁を持つ切掛けをより強くした、と。

そのいきさつを読んで、私は、文は人なり、という言葉を思った。この箇所に限らず、本書全般で作者は、心をあらわにして語っている。つまらない虚栄心やコンプレ